DARIA BUNKO

甘いのはキライ

真崎ひかる

ILLUSTRATION 明神 翼

ILLUSTRATION
明神 翼

CONTENTS

甘いのはキライ 9
甘いからコワイ 219
あとがき 242

甘いのはキライ

《一》

駅前に位置するコンビニエンスストアの来客ピーク時間は、主に二つ。

通学や出勤途中に立ち寄る人が多い朝の八時前後と、学校帰りの学生や会社帰りの会社員がやって来る夕方だ。

それ以外の時間にも小さな波はあるけれど、それらが凪《なぎ》の海だとしたら、朝夕は時化《しけ》で大荒れの海だ。

しかも、朝は配送のトラックが来る時間と被ることもあり……三人のアルバイトでは目が回りそうなほど、慌ただしい。

時計が八時半を過ぎる頃になり、ようやく少しだけ余裕が生まれる。

レジを離れた朱音《あかね》は、入荷した時のまま積み上げられたパレットの前に立ち、ガランとしたお握りや弁当の棚に補充を始めた。

人気の具材は、シーチキンマヨネーズに鮭《さけ》……そして、新発売の変わり種。

「今回の新発売は、……麻婆茄子《マーボーナス》だと？　米との相性は悪くなさそうだけど、握り飯の具にするには挑戦的だな。まだ、こっちのハムエッグマヨのほうが食いやすいかも」

手に持ったパッケージを目にして、ついつい独り言を零《こぼ》しながらがら空きになっている棚にお握りを並べていく。

本来、『紀州梅《きしゅううめ》』があるべき場所に転がっていた『日高昆布《ひだかこんぶ》』を正しい位置に戻したところで、レジのところから名前を呼ばれた。

「朱音くん、ちょっとレジをお願いしていい？」

「はーい！」

商品を積み上げたパレットを、通行の邪魔にならないように通路の端に寄せておいて、急ぎ足でレジに向かう。

朱音を呼んだのは、アルバイト仲間の西野《にしの》。中学生の子供がいるという四十代の女性だ。朝や日中によくシフトが一緒になるせいで、すっかり親しくなった。自身の子供と印象が被ると笑い、ファーストネームで呼ばれている。

西野は中華まんを収めているスチーマーを指差して、朱音を見上げてくる。

「新発売の特製肉まん、切れそうなんだけど……ストック、これだけかな？」

「あ、裏の冷凍庫にあります。昨日の朝の便で入ったから」

新商品は、とりあえず試そうという人が多いので引っ切りなしに売れる。

西野が手に持ったビニール袋には、冷凍状態の肉まんが二つだけ見えた。これらを今すぐスチーマーに並べても、解凍されるのに時間を要するし、スチーマーにある販売可能な状態のものは残り一つだ。

「裏から取ってきましょうか」

「いいよ、私が行ってくる」

西野は、取りに行こうかと口にした朱音を制して、速足でバックヤードに向かった。フットワークが軽く、よく気が利くのでストレスが少なくてありがたい。

彼女が入る前に、大学生の女の子がいたのだが……ハッキリ言って、アレは酷かった。隙があれば手を抜いてサボりたがる……だけなら、まだいい。弁当を購入した客に箸《はし》をつけ忘れて店外まで追いかけるはめになったり、ポットに水を補充しようとして床に盛大にぶちまけたり……その他諸々。

一つ一つは大したことがなくても、頻繁に余計なことをしでかしてくれるので、フォローするのが大変だったのだ。

それを思えば今は、西野やベテランのパートと同じシフトに入ることが多いので、肉体的には忙しくても精神的に楽だ。

「ひと段落……かな」

チラリと目を向けた壁にある時計は、九時少し前を差している。これからお昼までは来客が多くないので、平和な時間だ。

ふぅ……と、ため息をついたのと同時に、入り口の自動ドアが開いて来店を知らせるチャイムが鳴った。

完全に気を抜きかけていた朱音は、慌てて顔を上げる。

「いらっしゃいませ」

あ……来た。と、心の中で続ける。

ほぼ同じ時間に頻繁に立ち寄る客は、そのつもりがなくても自然と憶《おぼ》えてしまう。特に、毎回少し奇抜な服装だったり、必ず同じ商品を買っていったり……と一つでも特徴があれば、印象に残りやすい。

今、入り口をくぐった男も、半月ほど前から三日と空けずにやって来る人だった。とはいっても、奇抜な服装をしているわけではない。

細身のパンツにシャツ、ジャケット……と。いつも、ラフすぎないシンプルでありながら清潔感のある服装で、爽やかな好青年だ。

ただ、スーツを着ていたことは一度もないし、来店する時間がたいてい朝の九時前後なので、一般的な会社勤めではないだろう。

入り口のところには、防犯目的に身長を目測できるメモリがあるけれど、それを確かめることなく百八十センチあまりの長身だとわかる。

百七十センチに数センチ足りない朱音より、十五センチは高そうで……悔しいから、羨《うらや》ましいなどと思うものかと唇を噛んだ。

ダークブラウンの髪に、切れ長の瞳、鼻筋がスッと通っていて……顔立ちだけでなく佇《たたず》まいも含め、端整という表現がピッタリだ。自然と人目を惹くのは当然で、店内にいた他の客が男女問わずチラチラと目を向ける。

彼が真っ直ぐに足を向けるのは、昨今どこのコンビニエンスストアも品揃えに力を入れている……冷蔵ケースの一角だ。

朱音が、コッソリ名づけたニックネームの所以《ゆえん》でもあり、早々に彼を記憶することになった要因でもある。

「朱音くん、お待たせ。ついでにコロッケも持ってきたから、フライヤー使うね」

「あっ、はい。お願いします。あ、よければおれがコロッケを」

ぼんやりとしていた朱音は、西野を振り向いてフライヤーを担当しようかと申し出ようとしたけれど、それより早くレジカウンターに人影が差した。

「レジ、いいかな」

「はいっ！　すみません。お待たせしました」

低い声に促されて、朱音は捻っていた身体を慌てて戻す。

カウンターに置かれている商品に目を落とした瞬間、商売道具である笑みを浮かべていた唇の端が、ピクッと引き攣るのを自覚した。

ポップなピンク色のパッケージが特徴の、苺《いちご》ミルクのプリン……春限定と書かれた苺ロール

ケーキ、苺クリームのモンブラン。

「……以上三点で、六百十円になります」

「はい。これで」

「千円、お預かりします。三百九十円、お返しします」

差し出された千円札を受けとり、レジに打ち込んで釣りの小銭を手にする。レシートとともに釣りを手渡して、レジ袋に品物を入れた。

「スプーンとフォークは、いくつおつけしますか？」

この質問に対する答も、毎回決まっていて……尋ねなくてもいいのではないかと思うが、マニュアルで定められているのだ。

「いや、不要だ。ありがとう」

想定していた答を口にしながら爽やかに笑った男は、ファンシーなピンク色が透けているレジ袋を手に持って去っていく。

「ありがとうございました」

自動ドアをくぐる背中に声をかけた朱音は、男の姿が完全に見えなくなってから大きく息をついた。

プリン……ロールケーキ、モンブラン。

さっき目にした甘味がテーブルに並ぶのを想像するだけで、なんとなく胸焼けがする。

「あのお客さん、買い物に来たら必ずスイーツを買っていくわね。新発売の商品は、漏れなく制覇するって感じ。朱音くん、ほぼ毎日シフトに入ってるけど……あの人、もしかして毎日スイーツを買っていくの？」

レジ打ちが目に入っていたのか、背後から西野に話しかけられる。やはり、あの買い物内容は記憶に残るのだろう。

「そ、そうですね。さすがに毎日じゃなくて、週に三回くらい？　あ、でも、おれがシフトに入ってる時だけじゃないかもしれないから、ほぼ毎日……かも？」

朱音が朝のこの時間にシフトに入るのは、週に三、四回だ。

さすがに毎回やって来るわけではないけれど、もしかして自分がいない時に買いに来ているのかも……と思い直す。

その時も、プリンやシュークリームを買っているのなら……、想像するだけで気分が悪くなってきた。

「スイーツ好きな男って、最近は珍しくないですけど……。あれ、全部、あの人が食べてんのかな？」

だとしたら、恐るべしスイーツ男。そう心の中でつぶやく。

ポツリとつぶやいた朱音の疑問に、西野は容赦なくバンバンと背中を叩きながら「あはは、なに言ってんの」と笑い飛ばした。

「彼女と一緒に決まってんじゃない。あーんなイケメン、彼女の一人や二人や三人いても、おかしくないでしょ」

「……おかしくはないかもしれないですけど、二人も三人も彼女がいたら人として問題だと思います」

西野の勢いに負けてうなずきそうになったが、複数の彼女がいてはダメだろう……と反論を試みる。

十九歳の自分より、よく言えば柔軟な思考の持ち主である西野は、「あら、それもそっか」と笑った。

「朱音くんこそ、彼女の二人や三人いそうなのに……真面目ねぇ。相変わらず、レジ打ちする横顔が引き攣っていたし」

「顔に出てましたか？　マズいな」

引き攣っていたと言われた自分の頬を、軽く叩いた。

客がどんなものをいくつ買おうと、表情に出さないように気をつけているつもりなのに、顔に出ていたなら失敗だ。

「大丈夫。ほんのちょこっとだったから。本当にスイーツが苦手なのね。キラキラしたパフェとか、チョコや生クリームたっぷりのクレープを食べてても違和感のない、キレーな男の子なのに」

「……想像させないでください」

パフェやクレープを前にした自分を想像するだけで、口の中が甘ったるくなった錯覚に襲われる。

うぇ……と顔を顰めた朱音に、西野はまたしても声を上げて笑った。

「でも、あの人……時々、スルメとか塩辛とか、激辛レトルトカレーを甘いものと一緒に買っていくでしょ。謎だわぁ。格好や出没時間からしても、一般的な会社勤めをしている雰囲気じゃないけど、無職とかブルーカラー労働者でもなさそうだし……いい男すぎて、生活感があまりないのよね」

「変な人……ですね」

客に対して言ってはいけない一言を、つい零してしまう。ここに店長がいないから、口にできる言葉だ。

変というより、得体が知れないと言ったほうがしっくりするかもしれない。

外見はクールなイケメンで、新製品のスイーツを漏れなくチェックして、レジ打ちをする店員に微笑んで「ありがとう」と告げる。

一言二言しか言葉を交わしていなくても、声までいい男で……なんだか憎たらしいと思ってしまうのは、同性としてああはなれない自分と比較した故の僻《ひが》みだ。

朱音は複雑な心情そのままの妙な顔をしているはずだが、幸い西野の意識はあの男が占めているらしい。

うきうきとした声で続ける。

「目の保養にはなるから、ラッキーだけどね。スイーツ王子！　クールなイケメンだし、本物の王子様って言われても納得できるわ」

西野は、スイーツ男に『王子』とあだ名をつけているのか。

あの男は、たぶん二十代後半だ。年齢的にも王子というより、伯爵とか侯爵とかのほうがしっくりしそうな、やたらとお上品な雰囲気だけれど……。

「あ、コロッケができたみたいね」

漠然と考えていると、タイマーをセットしていたフライヤーがコロッケの揚げ上がりを知らせる。

その電子音で、朱音はハッと現実に立ち戻った。

雑談をしていてはいけない。バイト中だ。

「おれ、お握りや弁当の陳列の続きに戻ります。ここをお願いします」

「はい。よろしく」

レジ周りは西野に任せることにして、急ぎ足でレジカウンターを出た。

冷蔵ケースに向かい、プラスチックのパレットから棚に陳列していく。お握りや弁当、パンなどが終わり……スイーツだ。

定番のシュークリームやエクレア、プリンに……期間限定の新商品を並べる。

「コレ、そんなに美味いのかな」

女性が好みそうな、可愛らしいピンク色を中心にした苺ミルクプリンのパッケージをマジマジと見て、眉を顰める。

ダメだ。甘さを想像しただけで、胃が重くなる。

「ま、人を外見で判断しちゃダメだよな」

西野曰く、クールそうなイケメンでも外見と嗜好は無関係だろう。

朱音こそ、西野が言うようにスイーツが似合いそうな雰囲気らしいけれど、実際は毛嫌いするレベルで甘いものを避けている。

なにより、そんなふうに言われてしまうこの容姿が、大嫌いだ。年々、あの人に似てくるような気がする……。

胸の奥から苦いものが込み上げてきそうになり、軽く頭を振って思考を振り払った。

「これで終わり、っと。あとは……さっき、店の前で煙草吸ってる人がいたなぁ。掃除、しておこう」

空になったプラスチックのパレットをバックヤードに戻すと、掃除道具を手にして店外へ出る。

ふと、風に乗って春の匂いが鼻先をくすぐった。

「なんだろ。……あれか」

白とピンク色の花を中心にした、大きな花束を抱えた制服姿の女の子が二人、コンビニ前の歩道をこちらの方へ歩いてくる。

風に乗って運ばれてきた春の空気は、この花の匂いだったようだ。

女の子たちは、楽しそうに話しながら朱音の前を通り過ぎた。

「卒業式の後に部室に寄ってくださいって、伝えてるよね？」

「うん。先輩、ビックリするかな」

「ふふ、泣かせちゃおう」

どうやら、高校の卒業式があるらしい。そう言えば昨日も、少し恥ずかしそうな顔で花束を持った男子高校生が、コンビニに立ち寄った。

朱音はその手のイベントごとに縁がないので、花束を手にした男子高校生を見ても思い至らなかった。

卒業シーズン、か。月が替われば、今度は入学式があちこちであるだろうから、しばらく花束を目にする機会は多そうだ。

「んー……青春だな」

女子高生の後ろ姿を見送った朱音は、自分の独り言にクスリと笑い、道端に落ちている煙草の吸殻を箒で掃き集める。

そこにピンク色の花びらが一枚だけ交じっていて、目を逸らして塵取りに収めた。

女の子があれほど嬉しそうに抱えていたキレイな花も、道に落ちたり枯れてしまえば、ただのゴミだ。

そんなふうに考える自分が、捻くれているという自覚はある。

「あー……余計なこと考えるの、ヤメ！　掃除、終わり。えっと、次は……」

なにも考えず、働こう。

そう唇を噛み、掃除道具を抱えて大股で店内に戻った。

□□□

高層ビルの谷間にポツンとある公園は、昼間は外回りのサラリーマンや母子の姿が見られるけれど、深夜になれば不気味なくらいの静寂に包まれる。たまに、カップルや酔っ払いが立ち寄るくらいだ。

遊具と呼べるものは、小さなブランコが二つとシーソーが一つだけ。あとは、大きな樹の下に木製のベンチが二つ並んでいる。

小ぢんまりとした公園内の二カ所にある電灯の光はささやかなもので、申し訳程度にベンチに腰かけた朱音の手元を照らす。

ベンチの端に腰かけた朱音は、膝の上にレジ袋を置いて夜食のお握りを取り出した。

「イタダキマス」

両手を合わせて、パッケージを破る。

冷たいお握りを齧《かじ》るのは慣れているけれど、夜になると少し肌寒くて……あたたかいお茶を買ってくればよかったかと、吐息をついた。

「焼きお握りは、やっぱり味噌より醤油《しょうゆ》が好みだな。ちりめんと生姜《しょうが》が交ざっているのは、さっぱりして思ったより美味しい」

一人でお握りの品評会をする自分は、端からは酔っ払いに見えるのだろう。駅への抜け道となっていることで、深夜でも公園脇の小道を通る人はポツポツいるけれど、そそくさと速足で通り過ぎていく。

酔っ払いと目を合わせて絡まれるのを避けたい……と、その気分はわかる。

「今日は梅と昆布ばかりじゃなくて、バラエティ豊かだな。ラッキー」

こうしてコンビニエンスストアから持ち帰るお握りは、たまに、梅ばかり三つ……とか、昆布とおかかと梅、という地味なラインナップのことがある。

本来なら、賞味期限切れのものはすべて廃棄しなければならないのだけれど、店長が不在の時はアルバイトたちがコッソリ持ち帰っている。

一日や二日の賞味期限超過はどうということはなく、具によって三日くらいは問題なく食べられるので、出費を限界まで切り詰めたい朱音にとってありがたい食料だ。

「コレは……新発売か」

コンビニエンスストアの商品は、入れ替わりが頻繁だ。定番と言われるものでも、微妙な改良の手を加えられて定期的にリニューアルしている。

ただ時おり、冒険がすぎるだろう……と開発者の遊び心にため息をつきたくなるものもあって、次に朱音が手にした新発売シールが貼られているものも『遊び心』が満載だ。

「鮭マヨ？　んー……どうも、米にマヨネーズは……しかもクリームチーズ風味にブラックペッパーをプラスって、なんだよそのテンコ盛り具合。和洋折衷にもほどがある」

塩気のきいた鮭と、マヨネーズにクリームチーズが混ぜられた具は……合うような、合わないような？　と首を捻りつつ、ありがたくいただいた。

レジ袋には同じように『新発売』シールが貼られたお握りが、三つ残っている。明日の朝食になる予定だ。

「今週の新発売は、三種類か。開発者、頑張るな」

毎週なにかしら入れ替わる膨大な新商品を網羅するのは、自分のようにコンビニエンスストアで勤務していても容易ではない。

棚に陳列するのが自分以外だと、レジを打ちながら心の中で「こんなのが出ていたのか」とつぶやくこともある。

たまに、義務感に突き動かされているかのように、必ず新発売の弁当やお握りを買っていく人がいるけれど……。

「あ、でも、スイーツだけに絞ったら不可能ではないかも」

ポンと思い浮かんだのは、週に数回姿を見る『スイーツ男』だった。

新商品が店頭に並ぶのは火曜日だけれど、朝のピークが過ぎてから来店する彼は、売り切れで買いそびれるものもある。それでも、何度か足を運ぶうちに、発売された週のどこかで手にすることができるのだ。

「今回は、バウムクーヘンが買えなかったのか。また、明日か明後日には来るかな」

今は、春の苺フェアの真っ只中だ。しばらくは、毎週何かしら苺を使った新商品が並ぶことになる。

可愛らしいピンク色のパッケージをテーブルに並べ、西野が言うように彼女と一緒に食後のデザートか三時のおやつとして楽しむのだろうか。

「あの男だったら、二人や三人どころじゃなく選り取り見取りだろうなぁ。うーん……天は二物を与えないって言うけど、顔がよくてスタイルがよくて、声がよくて……少なくとも、あの男は三つは持ってるじゃんか。不公平だ」

指折って数え、むぅ……と眉間に縦皺を刻む。

着ている服も、生地の薄い安価なファストファッションではないと一目でわかる。変な皺が入っていたりよれたりしていることもなく、シンプルながら上質そうなものばかりなので、もしかして金銭的にも不自由のない生活をしているのだろうか。

「そのくせ、コンビニスイーツ……？　チョコが一個五百円とかする、超高級な店で買い物しててもおかしくない感じなのに」

これまでは、甘いものを毎日のように買っていく嫌味なイケメンという部分にばかり意識が向いていたけれど、深く考えれば謎が大量にある。

西野曰く、本物の『王子様』のような生活をしている人で……逆に、コンビニで買える価格帯のものを珍しがっているだけなのかもしれない。

「ま、正体がどっかの国の王子様だろうと、もし宇宙人だったとしても、おれには関係ないしどうでもいいけど」

食べ終わったお握りのパッケージを纏めてレジ袋に突っ込み、バッグに仕舞う。時計を確認すると、零時十五分前だ。

「ちょうどいい時間だな」

これからゆっくり歩けば、交代時間ピッタリの時刻に着く。

今から翌朝の七時まで、近くの博物館で巡回警備の仕事だ。仮眠時間をもらえるし、展示物のために空調が整えられた屋内なので、悪天候の日でも身体的な負担は大きくない。

深夜手当もつく上、ガランとした薄暗い博物館が少しばかり不気味なのに目を瞑《つぶ》れば、数多く渡り歩いたアルバイトの中では好条件のほうだ。

「ふぁぁ……眠ぃ。アイツ、次に会ったら蹴ってやろ」

昼過ぎからコンビニバイトのシフトに入る予定だった能天気な大学生が、「今日、無理です。すんません」という悪びれることのない軽い電話一本で、ドタキャンしやがったのだ。

仕方なく朱音が彼の穴埋めをすることになったせいで、朝から夕方までコンビニエンスストア、駅前でチラシ配りを三時間、そのまま終夜バイト……と、ほぼ休憩ナシでぶっ通しになってしまったのは、少しばかりキツイ。

「んー……王子じゃないおれは、地道に働きますか」

両手を頭上に伸ばして大きく伸びをした朱音は、座っていたベンチから弾みをつけて腰を上げた。

《二》

「はー……なんか、腹が減りすぎてなにも食いたくない……」

深いため息をつくと、ズシリと身体が重くなったように感じる。

休憩場所になっている小さな公園のベンチに腰を下ろしたことで気が抜けてしまい、ドッと疲労が押し寄せてきたみたいだ。

今日は、さすがに疲れた。

朝まで博物館の警備バイトをして、そのままコンビニエンスストアのシフトに入り……十五時に上がりとなるはずだったのだ。それから十九時まで仮眠して休憩を取り、二十時から零時まで博物館の警備バイトに入る予定だった。

……朱音と入れ替えにコンビニバイトのシフトに入るはずの例のバカ大学生が、二時間も遅刻してこなければ。

結果、アパートに戻ってシャワーを浴びた時点で十八時近くになってしまい、ほとんど休憩することなく再び博物館に出向くこととなった。その間、移動しながらコッペパンタイプの卵サンドを齧っただけで、気が抜けた途端に空腹感に襲われる。

幸いなのは、博物館の警備バイトのシフトが終夜ではなく、日付が変わるまでの早番だったことだ。

「帰って……飯食って、シャワー……寝よう」

動こうと思うのに、ベンチに下ろした腰が上がらない。まるで、特大の漬物石を背負っているかのように身体が重い。

「ちょっと……休憩」

ズルズルと背もたれに沿って、木製のベンチに身体を横たえた。

三月末とはいえ、日が暮れると風がひんやりとしている。深夜の公園に佇むのに、ジーンズにシャツ、薄手のジャケットでは肌寒い。

それでも、すぐに動けそうになかった。

「星が、あんまり見えないな」

天気がよくないのか、周囲を背の高いビルが囲んでいるせいか、紺色の夜空にはほとんど星がない。

それでも、こんなふうに夜空を見上げるのはどれくらい振りだろう。

「このまま、ベンチと一体化しそう……だ」

瞼《まぶた》を伏せると、硬い木のベンチに自分の身体が沈み込んでいくような、不思議な感覚に襲われる。

ここで寝てしまっては、ダメだ。財布の中身は微々たるものだから身の危険はないにしても、確実に風邪をひく。

ダメだと頭ではわかっているのに、手も足も重くて動かない。意識が、とろりと闇に融け込む……。

覚醒と睡眠の狭間をゆらゆら行き来していると、風ではない確かな感触が前髪に触れてきて、ビクッと目を見開いた。

「……ぁ？」

瞼を押し開いた朱音の目に映ったのは、ベンチの脇に立って自分を覗き込んでいる黒い人の影だった。

しまった。不審者として通報されてしまったのだろうか。もしくは、泥酔して寝入っていると思われて、追い剥ぎ……いや、泥棒か？

「酔っ払いじゃ、ないので……すぐ動く」

どちらにしても、きちんと意識があることを相手に知らせようと、ボソボソ口にしながらベンチに横たえていた上半身を起こした。

そうして起き上がった途端、スーッと頭から血の気が引く感覚に襲われる。

「ッ！」

「おっと、急に動いたらダメだろ」

低い……男の声？

グラリと傾いだ朱音の肩に手を回し、ベンチの右隣に腰かけてくる。その肩に身体を預けるような体勢になってしまったのは、不可抗力だった。

「す、みません」

「気にしなくていい。こんなところで寝てたら、危ない。酔っ払いじゃなさそうだし……気分が悪いのか？」

「ちょっとだけ、休憩するつもりで……つい」

ようやく頭がハッキリしてきて、若い男の声だと確信した。朱音が倒れないようにか、左肩に手を回して身体を支えてくれているのがわかる。

なんだろう。どこからともなく、焼き菓子のような甘い匂いが……漂ってきたような？

甘いものを天敵とみなす自分には嬉しくない錯覚に眉を顰めて、唇を開いた。

「おれ、金目の物なにも持ってないから」

なんのつもりだろう。隙を見て、財布をスッていく気か？

そんな警戒を全身に纏い、ボソボソと口を開く。朱音の左肩に置かれている手に、一瞬力が込められて……ポンポンと叩かれた。

「うーん……心外だな。失礼だが、君が大金を持っているようには見えない。泥棒の類《たぐい》じゃないから、警戒しないでくれると嬉しいね」

のんびりとした声で、ストレートにぶつけた疑いを苦笑交じりに否定される。

本当に介抱泥棒でないのなら、今時の都会には珍しい随分と親切な人だ。しかも、不躾に疑ってかかった朱音に気を悪くしたふうでもない。

なんなんだ、この人……。

右隣にいる男がどんな人間なのか興味が湧き、そろりと顔を向ける。すると、鼻先を確かな甘い匂いがくすぐった。

さっき、ほんのりと感じた匂いの比ではない。

バニラ……バター……カスタード？

「う……」

弱っている身には、強烈なボディブローだった。

思わず口元を手で覆い、声もなく俯く。

発生源は、間違いなく隣の男だ。朱音は少しでも男から離れようと、ジリジリと左側に身体を傾ける。

それを、うっかり倒れそうになっていると勘違いしたのか、朱音の肩を抱く男の手が更に力強くなった。

「大丈夫か？」

「ぁ、寄らな……っ」

突き放そうと腕を伸ばしたけれど、急激な動きのせいでクラリと眩暈《めまい》に襲われる。

もう……ダメかも。

目の前が暗くなり、不安定に身体が揺れた。離れようとしていた男の腕にギュッと縋《すが》りついて、なんとか倒れ込まないように踏み止まる。

「顔色が悪い。やっぱり、具合が悪いんじゃないか？」

「いえ、そう……じゃなくて」

言葉が終わらないうちに、グゥ……と朱音の腹から聞こえてきた低い音が、男の言う『顔色が悪い』の回答だ。

シン……と静かになり、朱音は縋りついていた男の腕から手を離した。

メチャクチャに恥ずかしい。

本気で心配してくれていたようなのに、ただの空腹かと呆れてしまったのかもしれない。

息を詰めて自分の膝を凝視していると、ガサガサ……音がして、目の前になにかが突きつけられた。

直後、息を吸ったのと一緒に甘い匂いが肺に流れ込んできて、「う？」と眉を顰める。

「とりあえず、これを食べろ。残り物だが、品質には問題ない」

コレ？　と、目の前にある物をマジマジと見つめる。

薄暗いからハッキリ見えなかったけれど、きつね色をしたゴルフボールくらいのサイズの、

たこ焼き……ではなく、甘い匂いから察するにシュークリームだろう。

目の前にある物体がシュークリームだと認識した途端、朱音はヒクッと頬を引き攣らせて、そろりと顔を引いた。

「ゃ……あの、いいです。お気遣いなく」

「心配しなくても、妙なモノじゃない。ほら、半分」

朱音が不審物だと警戒して口にしないと思ったのか、男は小さなシュークリームを半分に割って自分の口に放り込んだ。

残りの半分を、有無を言わさず朱音の口元に突きつける。避けようとしたのに、クリームが零れ落ちそうになっているのが目に入った。

常日頃、極貧生活を余儀なくされている身に染みついた、貧乏性の『もったいない根性』が発動した。

反射的に齧りついてしまい、舌に広がる甘ったるさに顔を顰め……ようとして、目をしばたたかせる。

「？　……あんまり甘くない」

シュークリームなのだから、まったく甘くないわけではない。でも、朱音が想像していたような、恐ろしいまでの極甘ではなかった。

間違いなく滑らかなカスタードクリームだと思うのに、バニラに混じってなんとなくオレンジのような爽やかさを感じる。

朱音が最後にシュークリームらしきものを口にしてから、十年以上が経つ。記憶はかなり薄れているけれど、朱音が知っているシュークリームは、ベッタリとした口どけのよくない濃い黄色のクリームを使ったもので……でもコレは、あの砂糖の塊のような甘さではない。

大嫌いな『スイーツ』を口にしたのに、気分の悪さが増すどころか指先に力が戻ってきたように感じて、不思議だった。

魔法のシュークリームか？　と、無言で首を捻る朱音の隣で、男が小さく息を吐いた。

「甘くない、か。やっぱり、これじゃ甘味が足りないかな。大人向け、ってつもりで極限まで甘さを控えた。あと、コアントローを使ってあるけど、風味としてはラムかブランデーのほうがカスタードとは相性がいいかもしれないなぁ」

朱音のつぶやきを不満の意味に受け止めたのか、男は悩ましげな調子でぶつぶつと独り言を零している。

その言い回しから察するに、さっきのシュークリームはこの男が自作したのだろうか。

「あの、甘くないの……悪くはないけど。なんか、クラクラして気持ち悪かったのが治ったみたいだし」

そう言いながら、初めてまともに右隣を見上げる。

今までは、こんなところに転がっていたことの気まずさと見知らぬ人への警戒心、乏しい灯りの中で無理にでも男の顔を見ようと思わなかったのだ。

これだけの至近距離なら、ささやかな電灯の光でもハッキリと相手の顔が見えた。

「ぁ！」

目が合ったと同時に、この男がまったく知らない人物ではないことを悟る。目を瞠《みは》った朱音は、唖然としつつ口を開いた。

「……スイー……」

スイーッ男だ！

うっかり口が滑りそうになり、慌てて奥歯を噛み締める。よくぞ続きを呑み込んだと、心の中で自分に拍手を送った、

「スイ？」

中途半端に言いかけた言葉を呑み込んだ朱音に、男は怪訝そうに聞き返してくる。

なんとかして誤魔化さなければならないと焦り、しどろもどろに答えた。

「い、いえ……えっと、コンビニ……の」

どう言えばいいのだろう。自分はコンビニのバイトをしていて、よく買い物に来るから憶えてます……とか？

いちいち客をチェックしているのかと、嫌がられるかもしれない。それに、ストーカーのよ

うで気味が悪いと思われそうだ。

どう続ければいいのかわからなくなった朱音が言葉を濁すと、意外なことに『スイーツ男』のほうが台詞を継いだ。

「コンビニバイトのアカネくん、だろ」

「………」

驚いた！

的確に名前を呼ばれた朱音は、言葉もなく目を見開く。

制服の胸元にはネームプレートをつけているけれど、名字の『宮内《みやうち》』としか記していないのだ。どうして、ファーストネームを知られているのだろう？

疑問は表情に出ていたのか、男はクスリと笑って朱音の疑問に答えてくれた。

「よく、そう呼ばれているから。男の子の名前としては、少し印象的だしね」

「はぁ……」

想定外の展開に、気の抜けた声で曖昧にうなずく。

自分たちアルバイトは、印象に残る客をある程度把握している。でも、客からすればコンビニのアルバイトなどレジ打ちのロボットのようなもので、個として認識していないような人がほとんどだ。

レジカウンターを挟んで向き合い、「ありがとうございました」と商品を収めた袋を差し出しても、目も合わせない人が多い。

この人のように、コンビニの外で『コンビニバイト』と指摘された挙げ句、よく呼ばれていたからと名前まで記憶されていたのは初めてだった。

だいたい、いつから自分のことに気づいていたのだろうか。隣に座った時には、朱音が『コンビニバイトのアカネくん』だとわかっていた？

「おれだって、気づいてて声をかけてきました？」

そろりと隣に顔を向けて、そう尋ねる。

思い起こせば……気分がよくなかったこともあって、朱音は随分とつっけんどんな態度だったような気がする。

親切心で、顔見知りの『コンビニバイト』に声をかけたのに……と、眉を顰められても仕方がない。

そうしてなんとなく申し訳ない気分になっている朱音に、男はカラリと笑った。

「ああ。最初は酔っ払いかな～……と思ったんだけど、こういうところで連れもなく一人で潰れるには、若い感じだったし……近くでよく見たら、アカネくんだとわかったから。もう気分が悪くない？」

「……うん」

純粋に心配してくれていたのだと……今も、気分がよくなったのならいいと、他意のない優しさを向けられて戸惑う。

変な人だ。

まさか、西野の言うような『王子様』ではないだろうけど、余程育ちのいいお坊ちゃんなのだろうか。

よく知らない他人に対する垣根が、低すぎる。周囲から大切にされ、悪意や敵意を向けられたことがないのでは。

そうでもなければ、裏もなく誰かに親切にするなど……あり得ない。

端整な横顔をチラチラ見ながら捻くれたことを考えていると、男がクルリとこちらに顔を向ける。

「っ……」

不躾《ぶしつけ》な視線を感じたのかもしれないと、慌てて目を逸らした朱音に焦げ茶色の紙袋を差し出してきた。

「よければ、どうぞ」

「……なに？」

「シュークリーム。あと、パイもいくつか。余り物で申し訳ないが、作ったのは今日の夕方だから賞味期限的には問題ない」

似たようなことを、さっきも聞いた気がする。

目の前にある紙袋は、口が開けられていて……甘い匂いが立ち上っていた。

朱音は愛想笑いを浮かべる余裕もなく、ぎこちなく首を左右に振って身体を引いた。

「おれ、甘いのキライ……だから」

きっと、親切心からの申し出を突っぱねて申し訳ない、と気遣う余裕もない。甘い匂いから少しでも遠くに逃げようと、ジリジリ背中を反らす。

「気分が悪かったの、血糖値が下がりすぎてたせいだろ。だから、これを一口食べてマシになったんじゃないか？」

「あ！」

男の言葉の意味を察したと同時に、朱音は逃げかかっていた身体の動きをピタリと止めた。

確かに、言われたとおりかもしれない。

血の気が下がったようになって身体の力が抜けて、指先が震え……気分が悪かったのは、エネルギー切れになる寸前の症状だ。

「だから、ほら……せめて、もう一個」

「い、いや……」

親指と人差し指で摘まんだ小振りなシュークリームを口元に突きつけられ、ググ……と仰け反る。

でも、シュークリームから目を逸らせない。うっかり行方を見失ったら、口に押しつけられるかもしれないのだ。

甘い匂いが、鼻先にある。

今は息を止めていても、ずっと息をしないわけにもいかない。ガードしようと、必死で唇を引き結ぶ朱音は、きっと鬼気迫る形相になっていたのだろう。

「ッ……ごめん、そんなに嫌がらなくっても……」

シュークリームを持った手をスッと下ろした男は、クックッと肩を震わせて笑った。

朱音の失礼な態度に憤るのではなく、ただ面白がっているようなのは、ありがたいと思わなければならない。

「そんなアカネくんには、こっちをあげよう。ゴーダチーズを使った、チーズのパイ。大人向けに作った、酒のお供が目的だから甘くないよ」

そう言った男は、一回り小さな茶色の紙袋を手にする。

折り畳んでいた袋の口をガサガサと開き、人差し指くらいのサイズのスティックパイを摘まんで口元に差し出された。

「はい」

「…………」

と、言われても……犬や猫じゃあるまいし、この人は朱音が素直に口を開くと思っているのだろうか。

確かにさっきは、シュークリームを齧ってしまったが……アレはイレギュラーな突発的な事故のようなものだった。

鼻先をくすぐる香ばしいチーズの匂いには、そそられる。本能は、『コレを食え』と唆《そそのか》してくるけれど、ギリギリのところで理性が踏み止まらせる。

葛藤する朱音が動けずにいると、男は「そうだ」と声を上げた。

「ごめん。君からすれば、今の俺は身元不明の不審人物だな。篠田和成《しのだかずなり》、二十九歳。えーと……アカネくんがいるコンビニの近く、駅の反対側にあるパティスリーで働いてます。パティシエなんて言い方をしたら格好いいけど、まぁ……菓子職人だな。あとは、なにを知ったら、不審人物じゃなくなる？　身長体重、スリーサイズ……は、俺もよく知らん。国籍は日本で、あ……独身だ。可愛い恋人募集中」

なにを語ろうと思案する表情で、視線を泳がせながらポツポツと、思いつくままにしゃべっているに違いない。

呆気に取られていた朱音は、引き結んでいた唇を綻ばせた。

「ッ……」

笑ってはいけないと自制するのも間に合わなくて、うつむいて肩を震わせる。朱音の頭上から、篠田と名乗った男の声が降ってきた。

「うん？　笑ってるか？　俺は大真面目だが」

その声は、笑みを含むわけでもなく本当に大真面目で……ますますおかしい。なんなんだ、この人。

十九年生きてきて、初めて接するタイプだ。警戒や緊張といった、全身に張り巡らせていたものがポロポロと剥がれ落ちてしまう。

「だって、そんな……個人情報を、聞かれてもないのにしゃべって大丈夫？　おれこそ、よくわかんない不審人物じゃないの？」

「少なくとも、コンビニのバイトくん……アカネくんって名前もわかってるし、不審ではないかな。もう平気だろ？」

「……イタダキマス」

さすがに篠田の手にあるものを齧ることはできなくて、右手で細長いパイを受け取った。

篠田が小声で「残念」と零した声は聞こえなかったふりをして、恐る恐る口に入れる。サクッと軽い音とともに舌に感じたのは、バターとチーズの塩っぽさだった。

チーズの匂いがすると言っても、パイだから甘いのでは……と身構えていたけれど、篠田が言うように塩気が勝っている。これだとおやつというより、酒のお供にカテゴライズされるという言葉も嘘ではなさそうだ。

「どうだ？」

「……甘くない。美味しい」

感じたままをつぶやくと、篠田は「そりゃよかった」と笑って、朱音の手に紙袋ごと握らせる。

「それ、あげるから、エネルギー補給にどうぞ。ついでに、こっちももらってくれたらありがたいけど」

こっちとは、シュークリームとかが詰まった甘い袋か？

篠田の視線を追った朱音は、チーズパイの袋をしっかりと握ったまま首を横に振る。

「イラナイ」

「ははっ、残念。可愛い顔を嫌そうに歪めるなよ、もったいない」

「な……っ」

そう言いながら自然な仕草でスルリと頬を撫でられて、ギョッとした朱音は思い切り背中を仰け反らせた。

「女じゃないんだから、可愛いとか言ってんな。気味悪いな」

睨みつけた朱音に、篠田はキョトンとした様子で言い返してきた。

思いもよらない反応だ、と言わんばかりに首を傾げている。

「ん？　可愛いは、女の子だけに使う形容詞じゃないだろ。若いのに、頭硬いなぁ。……って、そういえばアカネくん、いくつ？」

「……十九」

ポツリと一言だけ答えた朱音に、

「う……十も年下か。十代から見れば、俺くらいの年齢ってオジサンの一歩手前か？　軽くショックが……」

そう言いながら大袈裟《おおげさ》に自分の胸元に手を押し当てた篠田は、やっぱり少し変わっている。外見は純粋な日本人だけれど、日本人っぽくない……と言ったら、おかしいかもしれないけれど、他にどう言い表せばいいのかわからない。

「エネルギー切れになるまで夜遊びしてないで、未成年者は早く家に帰って寝ろ。お家《うち》の人が待っているんじゃないか？　……っと、家は近く？　送っていこうか。あ、終電……行ったな。大丈夫か？」

自分の左手首にある腕時計をチラリと見下ろした篠田は、駅の方を振り向いてつぶやき、朱音に向き直る。

夜遊びしていたせいでエネルギー切れになったのだと決めつける言葉に、遊んでいたわけではないと反論する気にもなれず、腰かけていたベンチから立ち上がった。

「徒歩圏内だから平気。あんた……篠田さんこそ、大丈夫かよ」

ベンチに座ったままの篠田を見下ろして、人の心配をしている場合か？　と聞き返す。

朱音を見上げた篠田は、嫌味なほど爽やかに笑って答えた。

「心配してくれてありがとう。おれも、すぐ近くだから大丈夫だ」

「それなら、いいけど。心配っていうか、おれのせいで終電に乗りそびれたとか……後味が悪いし」

心配してくれてありがとう、なんて……初めて言われた。

いちいち言葉がストレートで、夜遊びする未成年という台詞になんとなくモヤモヤしていたのに、毒気を抜かれてしまう。

「じゃ……」

キュッと唇を噛んだ朱音は、ベンチに座っている篠田から顔を背けて回れ右をして一歩踏み出し……足を止めた。

「あの、これ……ありがと」

背中を向けたままポツリと口にすると、小走りで公園を出る。

右手に握った紙袋からは、チーズパイがガサガサと揺れる音が聞こえてくる。

篠田和成。二十九歳。独身。駅向こうのパティスリーで働く、菓子職人？

本人が語ったことが本当なら、ある程度の正体は知ることになったけれど、コンビニで見かけていただけの時よりも変な人という印象が深くなったような気がする。

ちょっとお人好しで、馴れ馴れしくて、妙に素直。西野曰く、王子様のようなクールっぽい外見の印象を裏切る気さくさだ。

男の朱音に向かって、恥ずかしげもなく可愛いなどと言ってくる。しかも、嫌味なほど整った顔に甘ったるい笑みを浮かべて。

でも……顔見知り程度の朱音を心配して、人けのない深夜の公園に寄り道してくれたのか。

息が切れてきたところで歩を緩めると、右手に持った紙袋を見下ろす。

「甘いの嫌いだし、わざわざ食べたくないけど……あのシュークリーム、不味くはなかったって、言えばよかった」

不可抗力的に口にしたあのシュークリームが、エネルギー切れから助けてくれたのは確かなのだ。

甘いものは、苦い記憶と直結していて……やっぱり口にしたくない。

特にチョコレートは、もう一生分を摂取したのではないかと思う。コンビニでレジに入っていると接しないわけにはいかないものだけれど、パッケージを手にするだけで胸焼けがしそうになる。

そんな朱音でも、どうやら篠田が作ったらしいシュークリームには気持ち悪くならなかったのが不思議だ。

「もっと、きちんとお礼を言えばよかった……かも」

かすかな自己嫌悪に眉を顰めて、視線を落とした自分の足元に向かってつぶやく。

あんなふうに悪意のない、朗らかな笑みを向けられることに慣れていなくて、戸惑うばかりだ。

「なに考えてるのか、わかんないし……やっぱり、変な人」

顔を上げて小さな息をつくと、ゆっくりした足取りで『お家の人』など待っていないアパートに向かった。

《二》

自動ドアが開き、来客を知らせるチャイムが響く。

朝の来客ピーク後、品薄になった弁当の陳列をしていた朱音は、反射的に「いらっしゃいませ」と声を出しながら振り向いた。

「あ……」

出入り口のところに立つ一際目を惹く長身の男の姿を視認した途端、トクンと大きく心臓が脈打った。

長身の男……篠田は、店内に足を踏み入れると一直線にこちらへ向かってくる。正確には、朱音に……ではなく、朱音のいる冷蔵ケースに用があるのだと思うが。

朱音は、捻っていた身体をそそくさと戻して、あちらこちらに乱れたお握りの整理をする。そうして、篠田に気づかなかったように装った。

篠田を避ける理由などないけれど、昨夜の公園でのやり取りを思い起こせば、なんとなく気まずい。

これまでは一方的に知っているつもりだった『スイーツ男』に、その他大勢のコンビニバイトではなく『アカネ』という個人として存在を認知されていたのだと、教えられたせいだろうか。

大股で店内を横切った篠田は、弁当やお握りが並べられている冷蔵ケースの隣、プリンやシュークリームといったスイーツが陳列されているところで足を止めた。

顔を向けなくても、気配と脇で止まった足音、すぐ隣にある人影が、篠田の存在を朱音に知らしめる。

「おはよう、アカネくん」

自然な態度で声をかけられてしまい、お握りを持った指をピクッと震わせた。こうなれば、無視するわけにはいかない。

朱音は持っていたお握りを棚に置き、ほんの少し右隣に身体を向けて答えた。

「はよ……ございます。昨日は、ありがとうございました」

目を合わせられず、篠田の着ている生成りのジャケットのボタンに視線を泳がせながら、ボソボソと口にする。

篠田の手がスイーツの並ぶ棚に伸びるのが視界の端に映り、迷わず新商品の『苺と白玉小豆《しらたまあずき》の和風ぱふぇ』を取り上げるのがわかった。

「最後の一個だった」

「……はい」

どう答えればいいのかわからず、そもそもただの独り言なのか朱音に話しかけていたのかも不明なので、小さく相槌《あいづち》を打つ。

居心地の悪さに、落ち着きなく手を握ったり開いたりしている朱音に、篠田は一切の気負いを感じさせない声で口にした。

「あの時間に帰宅しても、きちんと朝のバイトに出てくるんだな。偉い」

右手にスイーツの容器を持ったまま、ポンと左手で背中の真ん中を叩かれる。自然な仕草で触れられて、心臓が奇妙に脈打った。

「当然です。仕事……ですし」

動揺を悟られないよう、押し殺した声で答える。

この不可解な動悸《どうき》は、気安いスキンシップに慣れていないせいだと、自身に言い聞かせて篠田から一歩横に身体をずらした。

朱音の態度はずいぶんと無愛想だったはずだけれど、篠田は笑みを含んだ温和な声で言い返してくる。

「うん、それが偉い。……またね」

ポンポン、と。通りすがりに朱音の背中を軽く二回叩くと、ゆったりとした大股でレジに向かった。

偉い、なんて……初めて言われた。

唇を噛んで奇妙なくすぐったさを抑え込み、弁当やお握りの陳列の続きに戻る。会計を終えた篠田が店を出ていったのがわかり、ようやく肩の力が抜けた。

そんなふうにホッとしたことで、初めて自分がなんとなく緊張していたことを悟る。篠田に身構える意味など、ないと思うのに……。

「……変な人」

幾度となく繰り返した篠田に対する評価を、またポツリとつぶやく。

篠田も変な人だが、馴れ馴れしく接してくるあの人にペースを乱される自分も、どこか変なのかもしれない。

手早く弁当やお握りの陳列を終えてレジに戻ると、西野がススッと身体を寄せてきた。

「ねぇ朱音くん。さっき、スイーツ王子となにか話してなかった？」

好奇心たっぷりの声でそう尋ねられ、せっかく落ち着きつつあった心臓が、またしても鼓動を速くする。

否定するのはかえって不自然だろうと、小さくうなずいた。

「え、と……はい」

さすが、女性は目敏い。

レジで客の対応をしていながら、朱音と篠田が話している様子をしっかり目に留めていたらしい。

「なに話してたの？」

「今日は、入荷したばかりの新商品が残ってたって言うから、無事に買えてよかったですね……って」

間違いではないけれど、短かったやり取りを増長させて、それ以外の会話の大部分を省略したものを告げる。

幸い西野は不自然さを感じなかったらしく、

「そっか。やっぱりスイーツ王子だ。今日もいい男だったなぁ。朝から眼福」

と笑い、回れ右をしてフライヤーの脇にあるシンクに向き直った。

あっさりと引き下がってくれて、よかった。深く突っ込まれてしまったら、無難に切り返す自信がない。

背後からは、西野がカチャカチャと洗い物をしている水音が聞こえてくる。

これで、しばらく西野に顔を見られることはないだろう。今の自分はどんな顔をしているのかよくわからないので、幸いだ。

「なんだろ、これ」

さっきからずっと、心臓が変だ。ドキドキ……落ち着かない。

この、ザワつく胸の原因も、篠田との個人的なやり取りを咄嗟《とっさ》に隠すような言い方をしてしまったのは、どうしてなのか……も。

自分でもよくわからないことばかりで、朱音は珍しく客がいないコンビニ店内に視線を巡らせると、大きく息をついた。

□□□

非常灯のみが灯った夜の博物館は、独特の空気が流れていると思う。自分が手にした懐中電灯の明るさは微々たるもので、なんとなく心細くなる頼りなさだ。

シューズの底が床を踏みしめるたびに、キュッキュッと小さな音が耳に届く。大勢の人が行き交う日中では、まずありえないことだろう。

それでも朱音は、接客が中心のコンビニアルバイトとは対極とも言えるこの仕事が嫌いではなかった。

静寂が満ちる夜の博物館で、たまにお気に入りの展示物の前で足を止めて心行くまま眺めるなど、贅沢な時間だ。

特に今は、航空機の歴史がテーマの特別展が行われていて、一度も飛行機に乗ったことのない朱音にとって興味深いものがいっぱいだった。

「純金の飛行機……か。無事だな」

金で創られたという二十センチほどの精密な航空機模型は、今回の企画展の目玉だ。ライト兄弟が有人での初飛行に成功した際の、一九〇〇年代初頭のものを模しているらしく、レトロな翼がキレイだった。

それ以外にも、いくつか高価な展示物が収められた分厚いガラスケースを懐中電灯で照らし、異常がないことを確認して次の小部屋へ。

ゆっくりと館内を巡回して警備員室に戻る頃には、間もなく終夜勤務の警備員と交代になる時間となっていた。

軽いノックをした朱音が扉を開くと、仮眠スペースも兼ねた控室でテレビに向かっていた同じ制服の男が振り向いた。

「お疲れ、宮内。異常なしだろ」

「……はい」

二十時から零時の、四時間。この男は、ここから一歩も動いていないけれど、朱音には文句を言うことができない。

深夜警備はペアを組んで巡回することになっているのだが、人材派遣会社に登録し、そこから派遣されている朱音とは違って警備会社の正規社員なのだ。年齢も十ほど違うし、立場的には比べるまでもなく自分が下だと自覚している。

本来は、二人一組で館内巡回をするよう決められているにもかかわらず、点検作業のすべてを朱音が担っている。

毎回「じゃ、ヨロシク」の一言で送り出される朱音は、今夜も館内のチェックポイントや日誌には、『宮内・田端《たばた》』と二人分の名前を書いて判を押した。

なにか非常事態が起こらなければ、館内の防犯カメラを親会社がチェックすることはないし、二十四時間で上書きされるので規則違反の証拠は残らない。

「そろそろ、交代の時間だな。着替えるか」

大あくびを零した田端は、「かったりぃ……」と口にしながら立ち上がった。

ずっと座りっぱなしでテレビを見ていたら、疲れるのも当然だろう……とは、心の中でだけ零す。

過去の女性遍歴や、自分では武勇伝だと思っているらしいくだらない自慢話を延々と聞かされながら館内を歩くより、こうして一人でゆっくり巡回するほうが精神的に楽だ。なにより、憤りや怒りといったものを他人にぶつけるのも面倒だった。

淡々とした日々を送る自分が、無気力でつまらない人間だと……自覚しているだけ、マシだろう。

「お疲れさん。宮内、田端、交代だ」

「あ、はい。お願いします。これまでの時間に、異常はありませんでした」

やって来た交代のスタッフに日誌を引き継いで、控室で制服から私服に着替えた。朱音より先に控室に向かった田端は、とっくに着替えて姿を消している。

バッグを肩から掛けて、制服に着替える二人と入れ違いに控室を出た。会釈を残して通り抜けようとしたけれど、珍しく呼び止められる。

「宮内」

「はい？」

声をかけてきたのは、警備会社からの正規社員だ。名前は、確か……日笠《ひがさ》だったか。

以前、一度だけ深夜巡回のペアを組んだ時に、別れた奥さんとのあいだに朱音と同じ年の息子がいると笑っていた。

「おまえ、田端に館内巡回を押しつけられてるだろ」

「……いえ」

質問ではなく、確信していることを再確認する口調だ。

首を横に振るのは白々しいと思いつつ、朱音にはそうする以外にできなかった。

すると、日笠は平手で軽く朱音の頭を叩いて、呆れたように「嘘つけ」と口にする。

「チェックポイントの筆跡が、おまえ一人分なんだ。おまえがおとなしいと思ったら、いくらでもつけあがる。あんまりあのバカを調子に乗らせるなよ。目に余るようなら、俺から上の人間に言っておく」

驚いて顔を上げた朱音に、日笠はほんの少し唇の端を吊り上げて苦笑を滲《にじ》ませた。

その目は、なんでもお見通しだと……仕方ないな、と語っている。

どうやら気遣ってくれているらしい日笠に、慌てて頭を左右に振って答えた。

「大丈夫です。別に、大変なことはないですし……あの映画みたいに、骨格標本が踊ったり剥製に襲われたりすることもありませんから」

「ははっ、そいつは逆に遭遇してみたい珍事だな。おまえがそう言うなら……俺はなにも言わんが。いいように使われるなよ」

今度は、背中の真ん中を強く叩かれる。

ゴホッと噎《む》せた朱音に、

「おいおい、ひ弱だな。細っこいし……もっとしっかり食えよ。独り暮らしって言ってたか。奢《おご》ってやるから、今度なんか食いに行くか」

と笑って、グシャグシャと髪を撫で回した。

きっと、何年も逢っていないという息子と朱音を重ね合せて見ているのだろう。

実父の記憶がまったくない朱音は、父親世代の男性にこんなふうに触れられることなどまずなくて……胸の奥がくすぐったい。

なにより、どんな顔をすればいいのかわからなくて、困る。

「気をつけて帰れよ」

「……はい。失礼します」

足元に視線を落としたままペコリと頭を下げると、そそくさと背を向けて警備員室を走り出た。

薄暗い通路を速足で歩いて、通用口を目指す。

入ろうとする人間には厳重な警備体制を設けているけれど、中から出ていく人間には呆気ないセキュリティシステムを抜けて、博物館の敷地を横断し……慣れ親しんだ小さな公園が見えてきたところで歩を緩めた。

篠田も、日笠と同じように朱音の背中や頭に触れてくるけれど……なんとなく、違う。

単純な力の強弱の差ではなくて、篠田の手には胸の内側に息苦しいような不可解なモノが渦巻くのだ。

ソレがなにか、朱音には正体が掴めなくて気味が悪い。

ペースを乱されたくなければあの男に深入りしてはいけないと、警鐘のようなものが頭の中に鳴り響く。

篠田とは、必要以上に関わらないほうがいい。

「まぁ……コンビニ以外で顔を合わせることなんて、ないだろうけど」

予期せず、この公園で顔を合せたのは、五日前か……。

そう思いながら脇の小道を歩いていた朱音は、何気なくいつも自分が座っているベンチに目を向けて、ピタリと足を止めた。

「あ……れ」

薄暗い、静かな公園のベンチに人影がある。自分以外の人が、この時間にそこに座っていることなどまずないのに……？

トクトクと、心臓の鼓動がスピードを速めるのを感じた。

そこにある人影が、誰のものなのか……確信に近い予感が、朱音の足をその場に縫い留めている。

たった今、深入りしてはいけない……関わらずにいようと、心に決めたばかりなのに。

歩道の脇に立って自分を見ている存在に気づいたのか、ベンチに座っていた人影が立ち上がった。

「アカネくんだろ」

大きく右手を振りながら、名前を呼びかけてくる。

公園の周りは高層ビルで、路上を歩く人の姿も今はない。静かな夜の空気は、さほど大きくない男の声をやけに響かせた。

「おーい、アカネくん！」

「聞こえてますっ」

名指しされたからには無視して走り去るわけにもいかず、朱音は短く答えて公園に足を踏み入れた。

戸惑いを押し隠して、篠田がいるベンチの脇に歩み寄る。篠田の背後から風が吹き、バターやバニラの甘い匂いが漂ってきた。

朱音は、眉を顰《ひそ》めそうになったのをなんとか堪え、唇を引き結んだ。

「ここにいたら、また逢えるかな〜……と思ったら、当たりだった」

「……なんで？」

どうして自分を待つようなことをしているのかと、小さく尋ねる。

約束もしていないのだから、こんなところにいても無駄足になったかもしれないのだ。

朱音がこの時間にここを通りかかったのは、五日振りで……と考えたところで、篠田が言葉を返してきた。

「なんでって、君と、もっと話してみたかったから。逢えてよかった。三度目の正直ってヤツだな」

どうやら、博物館でのシフトが終夜勤務だったり警備の仕事が休みだったりした五日のあいだに、少なくとも二度同じように来ていたらしい。

タイミングがいいのか悪いのか、コンビニのシフトも昼間や夕方だったので、篠田の来店時間からはズレていて……顔を合せるのも、深夜にここで逢った日の翌朝にコンビニで話しかけられて以来だ。

「座らないか？　夜遊び帰り……じゃなさそうだな」

「……バイト帰り」

ポツリと答えた朱音は、座らないかと促しつつ先にベンチに腰を下ろした篠田を、戸惑いの目で見下ろす。

どうして、座れなどと？

逢えるかどうかもわからないのに、深夜の公園で待ってまで話したかった……なんて、本気だろうか。

「そっか。あっちから歩いてきたってことは、いつものコンビニ……じゃないよな？」

「博物館の夜間警備」

聞かれたことに短く答えるだけの朱音とは、会話らしい会話が成り立っているとは思えない。

それなのに、篠田は楽しそうに笑っている。

「へぇ……少し意外だな。失礼ながら、腕っ節が強そうには見えないけど」

「っ！」

自然な仕草で手を取られて、ビクッと肩を震わせた。

篠田はもともと他人との垣根が低いのか、どうにも距離感が近い。

こんなふうにスキンシップを図ることが普通なのかどうか、友人らしい友人のいない朱音にはわからない。

振り払っても、たぶん篠田は腹を立てないだろうけど……そうしていいものか、悩む。

篠田は朱音の葛藤に微塵も気づく様子はなく、

「殴り合いのケンカとか、したことがなさそうなキレイな手だ。警備のバイトなんて、大丈夫か？」

自分の手のひらに朱音の指を伸ばし、薄暗い電灯にかざすようにして指先や手の甲をマジマジと見つめている。

篠田の手のひらはあたたかく、パッと見の印象は優男《やさおとこ》風なのに意外とがっしりと大きくて、落ち着かない気分が加速する。

「別に、窃盗グループや侵入者と闘う……とかじゃないし。異常がないか、建物の中を巡回するだけ。貴金属店や金融機関の警備とかは専門の人がいるから、おれみたいなのには回ってこない」

答えながら指を引こうとしたけれど、少し動かしたところで篠田が朱音の指ごと右手を握った。

「それでも、もし『異常』があれば見逃すってわけにはいかないだろ。安全とは言い難いバイトだなぁ」

朱音が逃げたがっていることは気づいていると思うのに、篠田は朱音の指を握り込んだ手にキュッと力を込めてしみじみと零す。

見下ろした篠田は、他意のなさそうな平然とした表情だ。きっと特別な意味はないのだと、トクトク鼓動を速くする自分に言い聞かせる。

「終夜とかだと特に、時給……いいから」

きちんと、普通の調子で答えられているだろうか。抑え切れない動揺が、声に滲み出てしまっていないだろうか。

ドギマギする心を押し隠して、なんとか無表情を保つ朱音の努力など知る由もなく、篠田は顔を上げて目を合わせてきた。

「巡回中心のバイト帰りなら、疲れてるだろ。突っ立ってないで、座れって」

「…………」

無言で頭を上下させた朱音は、逃げる口実を得たとばかりに篠田の手から指を取り戻して、ベンチに座り込む。

こんなふうに、この男の隣に腰を落ち着けるつもりなどなかったのに、と気づいた時には後の祭りだった。

いつの間にか、篠田の思うまま彼のペースに巻き込まれている。

「お疲れ様のアカネくんに、夜食をあげよう」

そう言いながら、見覚えのある焦げ茶色の紙袋を差し出される。朱音が腰かけた場所とは反対側に、置いていたらしい。

「嫌いだ、って憶えてるよ。チーズパイと、……試食だ」

勝手に朱音の膝の上に紙袋を置いた篠田は、折り畳んでいた袋の口を開けて二口サイズの長方形のパイを取り出す。

「カスタードクリームや甘いジャムじゃなくて、甘さを極限まで抑えたレモンカードを使ってる。酸っぱいよ」

ハイ、と。当然のように口元に差し出されて、頬を引き攣らせた。

なんなんだ、この人。野良猫に餌付けをしているつもりか？

「あの、こういうの……困る」

「じゃあ、自分の手でどうぞ」

突きつけていた長方形のパイを、ひょいと裏返された左手のひらに載せられた。朱音の「困る」の意味を、わざと曲解しているのではないだろうか。

食べ物を投げ捨てることなど、できるはずもなく……きつね色に焼けた小さなパイを、ジッと見下ろす。

「またエネルギー切れでダウンするんじゃないかと、心配なんだ。一口だけ齧ってみてよ。ダメなら吐き捨てていい」

「………」

そう言った篠田は、朱音の手のひらの上で半分に割ったパイの片割れを自分の口に入れる。無様な姿を見せてしまった夜の記憶は、まだ新しい。

あのことを持ち出されると、突っぱね続けることができなくなってしまい……仕方なく、一口サイズになったパイを口に放り込んだ。

サクッとした軽い食感と、バターの風味に続いて、篠田が言ったとおりのレモンの酸味が舌に広がる。

確かに、甘いというよりも酸っぱい。

「どうだ?」

「……食べられなく、ない」

ボソボソつぶやいた朱音の捻くれた言葉に、篠田は「そりゃよかった」と笑った。

咀嚼《そしゃく》したパイを嚥下《えんげ》した朱音は、舌に漂う爽やかなレモンの余韻を感じながら口を開く。

「篠田さん、変な人って言われませんか。おれを餌付けしてなにが楽しいのか、理解不能なんだけど」

朱音はズケズケと失礼な言い方をしたと思うのに、篠田はやはり機嫌を損ねることなく、微笑を滲ませて首を傾げた。

「変……か?　うーん……アカネくんにしかこんなふうにしたことがないから、言われたことはないかな」

「なんで、おれ?」

誰にでも、こうして距離を縮めるのだと思っていた。それが、自分だけだと言われてしまうと……ますます不可解だ。

「なんでだろう。また行き倒れそうになってたら大変だと思うし、甘いものが苦手……を通り越して嫌悪している君が、気になるかな」

「気に障る、じゃなくて?」

「じゃ、なくて」

言い換えた朱音の言葉を否定したけれど、実は、篠田自身もよくわかっていないのかもしれない。

「どう言えばいいかなぁ」

と、朱音と一緒に首を捻っている。

ダメだ。理由を知るどころではない。これでは、謎が深くなる一方だ。

「平気そうなら、持って帰っておやつにして。シュークリームは……」

「イラナイ」

言葉の終わりを待つことなくキッパリ拒絶した朱音に、篠田は「やっぱり?」と苦笑を滲ませる。

「本当は、余らせることなく売り切るのが一番なんだけど……見極めが難しいなぁ」

ふぅ……とため息をついた篠田は、開けていた紙袋の口を折り畳んで朱音の膝に戻した。朱音はなにも言っていないのに、彼の中では持ち帰らせることが決定しているらしい。

「よく知らないけど、ケーキ屋ってこんなに遅くまでやっているもの？」

ふと、頭に浮かんだ疑問をぶつける。

ケーキ屋……篠田曰くパティスリーは、甘いもの嫌いな朱音には無縁の場所なので、営業時間など知らない。

でも、一般的なパン屋などは午後八時くらいには閉店しているのではないだろうか。こんな、終電間際の深夜まで営業しているというイメージは朱音にはない。

「ああ、勤め先のパティスリーは七時で閉めてるよ。俺は、その後……八時から十二時まで、別のところへ移動して販売しているから。駅の改札横で、焼き立てミニクロワッサンとかメロンパン、量り売りしているの知ってる？」

「……知らない」

徒歩圏内で生活している朱音は滅多に駅を使うことなどほとんどないし、通りかかっても素通りするに違いない。

焼き立てクロワッサンとかメロンパン……その周辺に漂うであろう甘い匂いを想像するだけで、失礼ながらなんとなく気分が悪くなる。

「小さい店舗なんだけど、その店が閉店した後に間借りしているんだ。ミニシュークリームやパイとかの焼き菓子。どれでも選り取り五つで、三百円」

そう言った篠田は、朱音の膝の上にある紙袋を指差して、

「売り切るのは難しいんだけどね。修業中」

と、嘆息する。

篠田が甘い匂いを纏っている理由が、それでわかった。狭い空間でパイや焼き菓子を作っているのなら、服とか髪に染みついていても仕方がない。

「甘いもの、全然ダメなのか？　和菓子も？」

「和菓子は……食べることないから、よくわかんないけど。チョコとか、絶対に食べたくない。菓子パンもイヤだ」

「うーん……そっかぁ」

朱音の返答に篠田があまりにも残念そうにつぶやくから、つい言うつもりのなかったことを口にした。

「……だけ」

「え？　悪い、聞き取れなかった。もう一回」

「ホットケーキなら……たぶん、平気。ゴテゴテとクリームが盛られているのじゃなくて、バターと蜂蜜だけのやつ」

昨今の流行らしく、山盛りのクリームやフルーツで飾りつけられた『パンケーキ』が表紙写

真に使われている雑誌が多いので、朱音も存在を知っている。

でも、朱音が口にできるものはシンプルな『ホットケーキ』だ。

「そうか。ホットケーキ、ね。今度、作ってこよう」

「いいよっ、わざわざそんなの……。食べたかったら、コンビニでも買えるし」

パンコーナーにあるビニールパッケージのホットケーキは、朱音が辛うじて口にできる甘味に分類されるものだ。

ただ、一度試しに食べてみて、記憶にある『ホットケーキ』とのあまりの違いに落胆して以来、一度も手に取ったことがない。

そこまで詳しく篠田に説明する気はないので、話を終わらせた……つもりだった。

「コンビニでも買えるだろうけど、ホットケーキは焼き立てが一番だろ」

それなのに篠田は、更に突っ込んで聞いてくる。

記憶の中にある、焼きたてのホットケーキを思い浮かべて小さくうなずいた。歪な形で、端の方が焦げていて……でも、美味しかった。

自作することはないので長く口にしていないけれど、焼き立てが一番だという言葉には同意だ。

「……たぶん」

「だよな。よし、やっぱり今度食べさせてあげよう。アカネくんに甘いものを食わせて、美味いって言わせたい」

もしかして自分は、菓子職人のプライドというか闘争心のようなものに、火を点けてしまったのだろうか。

グッと拳を握って気合いを入れている篠田を横目で見遣って、思っても見なかった方向に向かった事態の収拾をどうつければいいのか、思案する。

「おっと、こんな時間だ。家まで送って」

「くれなくていい。近いし」

無愛想に篠田の言葉を遮った朱音は、膝に置かれている紙袋を掴んで勢いよくベンチから立ち上がる。

ゆっくり腰を上げた篠田は、朱音に肩を並べて「残念」とつぶやいた。

「明日は、朝……コンビニにいる?」

「うん」

「じゃ、出勤前に寄ることにしよう」

さり気ない一言に、トクンと心臓が大きく脈打つ。

朱音がいるなら、コンビニに寄る。そんなふうにわざわざ告げる篠田は、なにを考えているのだろう。

どう聞き返せばいいのか言葉を思いつかなくて、足元に視線を落とした。

「気をつけて帰るんだよ。……おやすみ」

「これ……ありがと」

おやすみなさい、という一言はなんとなく親しげな響きで、くすぐったい。だから、篠田に同じ言葉を返すことはできずに、「じゃあ」とだけ言い残して回れ右をした。

ぎくしゃくと足を動かして、公園を出る。

篠田が朱音の背中を見送っているだろうと思うから、一度も振り向くことはできなかった。

《四》

週に二度。多い時で、三度。互いの帰宅時間が重なる日に、深夜の公園で落ち合うことが約束のようになった。

不思議なもので、そうして逢う回数が片手の数を超える頃には、甘い匂いを漂わせる篠田と並んで座っていても気分が悪くなることがなくなった。

特にきっかけがあったわけではないけれど、篠田はそういうものだと、自然と慣れてしまったのかもしれない。

「和成さん、まだか」

これも、慣れの一種か。

他人行儀だからファーストネームで呼べと根気強く訂正されるうちに、躊躇《ため》わずに篠田をそう呼べるようになってしまった。

ただ、誰かを親しげに呼ぶなどまずないことなので未だに少し照れくさくて、本人に呼びかける際は毎回のように言い淀んでしまい……「可愛いなぁ」と、篠田を変に喜ばせてしまうのは少しだけ悔しいが。

毎回、篠田は先に来て待っているけれど、今夜は朱音のほうが先に着いたようだ。誰もいない公園に入って、定位置となっているベンチに向かい……立ち止まる。

常に雨風に晒されているせいで色褪せている木製のベンチが、いつもと違うことはすぐにわかった。

まるで新品のように、全体が斑《むら》のない焦げ茶色だった。なにより、ベンチの背もたれ部分に貼りつけられた大きな紙に、赤いペンで注意書きが記されていたのだ。

「ペンキ塗り立て注意……って、いつ塗ったんだろう」

昼間……いや、人けがなくなる夕方か？

最近のペンキは速乾性だと思うけれど、いつになれば座っても大丈夫なのか、そこまで書いておいてほしかった。

乾き具合を確かめるため、恐る恐る指を伸ばして触ってみようとしたところで、近づいてくる足音が耳に入った。

手を引っ込めて背後を振り向くと、ストライドの大きな篠田はすぐ近くまで来ていた。

「朱音、今日は早かったんだな。待たせてごめん」

「あ……こんばんは」

朱音が篠田を『和成さん』と呼ぶようになったのと歩調を合わせるかのように、篠田は朱音を呼び捨てにするようになった。

これも、まだ慣れなくて、呼ばれるたびにドキリとする。

ファーストネームでやり取りすること自体が少ない上に、篠田のような大人の男にそう呼ばれることなど皆無なせいだ。

朱音がベンチに腰かけることなく見下ろしていたせいか、不思議そうに尋ねてくる。

「……ベンチ、どうかしたのか？」

「ペンキ……」

朱音の短い一言に、篠田はひょいとベンチを覗き込んで、「ああ」とうなずいた。

「道理で、妙に艶々していると思った。座るのはやめておいたほうがいいかな」

小さく息をついた篠田と、目が合う。

朱音がなにか言うより早く、仕方なさそうに言葉を続けた。

「働き者の朱音は疲れてるだろうし、ゆっくりできないのは残念だけど今日は帰るか」

本当に残念そうな口調でそう言うと、軽く背中の真ん中を叩いてくる。

自然な調子で「働き者」と言われた朱音は、なんとなく照れくさくなって、篠田から顔を背けた。

「別に、おれは……。和成さんのほうが、朝から夜中まで働いてるし」

初めてここで顔を合せた際、朱音を「深夜まで遊んでいる」と決めつけた篠田は、ポツポツと話をするようになった朱音から根気強く現状を聞き出した。

家族はなく、独り暮らしだということ。

仕事をしながら、自力で定時制の高校を卒業したこと。

今はまだ、進学等は具体的に考えていないけれど、いつか学びたくなった時のために少しでも多くの蓄えを……と、可能な限りアルバイトに奔走していること。

アルバイトや契約社員という短期雇用であっても、学歴や職歴で判断されることが多い。収入も自身を養うのにギリギリの最低限で、できれば手に職をつけられる専門学校に通おうか……と淡々と語った朱音に、篠田は静かに「ごめん」と返してきたのだ。

「聞きもせずに、夜遊びしているとか決めつけて……」

そう言って、ベンチに並んで座っている朱音の頭に「頑張り屋さんだ」と手を置いた。

大人に「夜中までふらふら遊んでいる」とか、「バカだし我儘だから大学にも行けずにフリーターなんだろ」と嘲笑されることには慣れている。

そんなふうに真摯に謝られたのは初めてで、朱音のほうが慌ててしまった。

「別に、おれなんかそれほどじゃ……。夜学だと、もっと大変な生活をしながら、勉強している人とかもいたし。中学の時の先生が保証人になってくれて、アパートに住めているだけでありがたいし」

頭を振って早口で言い返した朱音に、微笑を滲ませて、

「そう……かもしれないけど、誰かと比較するんじゃなくて、俺は朱音が頑張り屋さんだと思

うから」

静かに口にしながら、「いい子」と頭に置いていた手で髪を撫で回した。

ツンと鼻の奥が痛くなって……視界がぼやけ、篠田の手が前髪を乱してくれてよかった、とうつむいた。

以来、篠田は自分も朝から深夜まで働き詰めなのに、「働き者の朱音」と、なにかと気遣ってくれるのだ。

自分のために、したいようにしているだけの朱音は、申し訳ないような居たたまれないような……なんとも形容し難い気分になる。

そっぽを向いていた朱音の背中をポンと叩いた篠田は、手に持っていたいつもの茶色い紙袋を差し出してきた。

「これだけ持って帰って」

篠田が朱音にくれるものは、酒のお供になるチーズパイや極限まで甘さを控えたデニッシュばかりだ。

いつも、「残り物でごめん」と口にするけれど、他のシュークリームやパイが売り切れていることもあるのに、毎回同じような量が残るとは思えない。

きっと、朱音のために取り置きしておいてくれていると想像がついても、朱音は篠田自身に確かめたことはないし篠田がそう話したこともない。

「……ありがと」

色んな思いを詰めた一言とともに、朱音が素直に受け取ると、篠田は「どういたしまして」と嬉しそうに笑った。

並んで公園を出て、小道に足を踏み出したところで篠田が動きを止める。

「そうだ、朱音」

「はい？」

なにやら思いついたように名前を呼ばれ、ドキリとしながら右隣を見上げる。街灯の灯りが照らす篠田は、もし西野がここにいたらきっと今夜も『王子様』然としていると言うだろう。丸一日働いた後の深夜にもかかわらず、疲れの滲む顔をしていない。くたびれた感がまったくと言っていいほどなく、なんとも爽やかだ。

朱音がそんなことを考えているなどと知る由もない篠田は、ほんの少し背を屈めて目を合わせてくる。

「明日は、バイトのシフト……どうなってる？」

「あ……十六時から二十三時までコンビニで、博物館が終夜シフトだから……」

この時間に、公園に来ることはできないと続けようとしたけれど、何故か篠田はパッと目を輝かせた。

「十六時までは、フリーってことか」

「うん」

半日以上も時間が空くのは、珍しい。うまく隙間を埋められるような、短時間の単発バイトを入れられなかったのだ。

どうして、篠田は嬉しそうに笑っているのだろう……と口に出すことのない朱音の疑問に、尋ねるまでもなく当人が回答した。

「俺も店が店休だから、駅に出かける夜まで身体が空くんだ。お昼ご飯代わりにでも、約束していたホットケーキを食べに来ないか？」

「食べに来ない……って」

戸惑いをたっぷりと含んだ声で聞き返した朱音に、篠田は親しい友人を誘うかのように思いもよらなかった言葉を続ける。

「俺のマンション、コンビニから歩いて十分もかからないところだから、バイトの時間までゆっくりしてくれたらいい」

つまり、ホットケーキを作るから篠田の自宅に遊びに来い……ということだろうか。

考えてもいなかったあまりにも予想外の誘いに、反応が遅れてしまった。

「でも、おれは」

「あ、場所がわかんないか。地図を描いてあげてもいいけど、迎えに行ったほうが早いかな。朝のバイトがないなら、少しゆっくり休みたいだろうから……十三時に、駅前で」

「だけど、そんな、自宅に……って図々しい」

戸惑いが拭いきれなくて、しどろもどろに逃げを打つ。朱音が逃げ腰になっているのは、手に取るようにわかるのだろう。

篠田は笑みを消すことなく、ポンと朱音の頭に手を置いて、子供に言い聞かせるような口調で続ける。

「家主の俺が誘っているんだから、問題はないだろ。十三時に駅で、待ってる。わかった？　じゃあね、おやすみ。気をつけて帰るんだよ」

「あ……」

朱音が反論する間を与えてくれず、畳みかけるような勢いで言い終えると、大股で歩いていってしまう。

呆然と篠田の背中が見えなくなるまで見送り、のろのろと頭を振った。

怒涛の展開だ。

なにかにつけて、人慣れしない猫のようだと言われる朱音が、間を与えられるとグズグズ渋ることを読んだ上での強引な言動に違いない。

静寂の中に一人ぽつんと取り残された朱音は、数分が経った頃にようやく落ち着きを取り戻して、篠田の言葉を復唱した。

「えっと、なんだっけ……明日の十三時に……駅前？」

篠田は、本気なのだろうか？

のこのこと出向いていって、もし篠田が来なかったら……？

シャツの胸元をギュッと握った朱音は、うつむいて唇を噛み締める。

自分が行くか行かないのかではなく、篠田が来るか来ないのかを不安に感じているという自覚のないまま、機械的に足を動かして帰路についた。

□□□

翌日の昼前。

玄関で靴を履いてからも、ギリギリまで迷ったけれど、最後は「あっちが来なくてもいい。逆にこっちが行かないと、罪悪感でストレスが溜まりそうだ」と自分に言い聞かせて、アパートを出た。

駅前に着いたのは、篠田に言い聞かされた十三時の十五分前だ。けれど、捜すまでもなく自然と目を惹く長身が目に飛び込んできた。

大勢の人が行き交う時間なのに、篠田はやけに目立っている。奇抜でもないし過剰に華美な装いをしているわけでもなく、シンプルなストレートジーンズに無地の白いシャツ、モスグリーンの薄手のパーカーに袖を通しただけのラフな格好だ。

それにもかかわらず、通り過ぎる人……主に女性が、チラチラ振り返って見ている。

そんなふうに注目されている篠田に近づくのを躊躇っていると、あちらが朱音に気づいて大きく手を振ってきた。

「朱音!」

周囲の視線が集まってきて、無意識に顔を伏せる。

近くにいた女性の二人組が、

「なんだ、女じゃなくて男の子だ」

「ねー。アカネなんて言うからさ」

などと、無遠慮な音量で話しているのが聞こえてきて、居たたまれなさが増した。

無視して背中を向けたくなるのを、なんとか堪えて歩み寄った。

ここで逃げ出そうとして篠田に追いかけられてしまうと、ますます注目を浴びる悲惨な事態に陥ると思ったのだ。

「早かったな。十三時まで、まだ十五分もある」

「和……成さん、こそ」

またしても、名前を言い淀んでしまった。顔を伏せていても、篠田にクスリと笑われたのがわかる。

「そこ、夜の俺の職場。……って言い方をしたら、なんとなくヤラシーな」

自分の言葉にクスクス笑いながら、二人が並んで立つのは窮屈そうな半間ほどの小さな間口の店舗を指差す。

忙しそうに接客をする店員の女性と客とのあいだにあるガラスケースには、一口サイズのクロワッサンやメロンパンが積み上げられていた。

朱音が意識を向けた途端にタイミングよく風向きが変わったのか、焼き菓子のなんとも言えない甘い匂いが漂ってくる。

無意味だとわかっていながら、少しでも逃げたくて下を向くと、声もなくひっそりと眉を顰めた。

「空気が甘い？」

朱音がどんな顔をしているのか、見えなくてもわかるのだろう。頭上から苦笑を含んだ篠田の声が落ちてきて、かすかに頭を揺らす。

「じゃ、長居は無用だな。動こうか」

ついてこい、と言われたわけではないけれど、軽く背中を叩きながらそう声をかけられて足を動かした。
二、三歩の距離を置いて、篠田の背中を追いかける。

駅前の喧騒を抜け、線路沿いに歩き……朱音の生活圏とは反対側の地区に向かう。朱音が慣れ親しんだ、古くからのアパートや住宅が建ち並ぶ街とは違い、近年の再開発で真新しいマンションや複合商業施設の建つ一角だ。

「ここだ。七階」

篠田が足を止めたマンションも、築年数が浅そうなキレイな外観だった。高層マンションというほど大規模なものではなく、たぶん十五階建てくらいで、ワンフロアの居室が少ないと想像がつくゆったりとした建物だ。

駅近くのコンビニから歩いて十分もかからない、と聞いていたけれど……それより早く、五分そこそこで着いてしまった。

「この機械に暗証番号を打ち込めばロックを解けるけど、７０１……って押してくれたらインターホンが繋がって、室内から解除できるから」

朱音にエントランス部分のロックの解除方法を教えてくれるけれど、聞いたところで役に立ちそうにないので曖昧にうなずく。

明るく、清潔感のあるエレベーターは、あっという間に七階へと朱音たちを運んだ。

エレベーターを出て、廊下の一番奥、『７０１』という部屋番号のプレートが出ている部屋までに見えた扉は、三つ。

突き当りで立ち止まった篠田は、ポケットからキーケースを取り出して扉の鍵を開けた。

「どうぞ」

「……お邪魔します」

扉を開け放して入室を促された朱音は、ポツリと口にして玄関スペースに足を踏み入れた。すぐ後に続いて篠田が入り、扉が閉まると同時にカシャンとオートロックのかかったらしい音が聞こえる。

短い廊下を進むと、大きなガラス窓から明るい光の差し込む広いリビングがあった。奥はキッチンスペースになっているようで、木のイスが三つ並べられたカウンターの向こうに大きな冷蔵庫やオーブンレンジが見える。

七畳半一間の朱音のアパートとは比べようもない、ゆとりのある部屋だ。寝室は別にあるはずなのに、ここだけで朱音の生活空間の倍近くある。

「そのあたりで適当に座ってて。テレビをつけてもいいし、新聞とか雑誌も、好きに見てくれていいよ」

篠田が指差したのは、朱音が三人並んで座れそうな大きさの、座椅子タイプのローソファだった。フローリングの上に毛足の長いラグが敷かれ、ソファの前にはガラストップテーブルが置かれている。

テーブルの下には、篠田が言うように雑誌や新聞が積まれていた。

「すぐ用意するから……」

パーカーから袖を抜いていた篠田が、話しながら振り返る。

リビングの入り口で立ち止まったままの朱音が動かないせいか、不思議そうに「朱音くん？」と名前を呼びながら、顔を覗き込んできた。

「あ、あの……邪魔でないなら、横で見ててもいい？」

こんな慣れない空間に一人でいるよりも、篠田の横に立って作業を見ているほうがいい。

そんな心の声が、顔に出ていたのかもしれない。篠田は「ああ」と笑って、すんなりとうなずいた。

「いいよ。匂いで気分が悪くならないか？」

「……ダメそうなら、逃げる」

自宅に招いてまでホットケーキを作ってくれようとしている人に対して、ずいぶんと失礼な物言いだと思う。

けれど、篠田は気を悪くした様子もなく、

「そうしてくれ。じゃ、こっち」

と言って笑い、朱音の背に手を当ててキッチンカウンターへ誘導した。

コクンとうなずいた朱音は、肩に掛けていたバッグだけ壁際の床に置かせてもらい、カウンターの内側へと入る。

広々としたシンクで篠田と並んで手を洗い、材料や調理器具を作業台に並べて手際よく準備する様子を眺めた。

　菓子職人と自分で言っていたが、自宅でもいろいろと作っているに違いない。朱音が初めて見る道具がたくさんある。

「ホットケーキミックスを使ったら手軽だけど、普通に薄力粉を使っても簡単にできるんだ。卵と牛乳と、砂糖とバニラエッセンスはほんの少しで……バター。シンプルなモノがいいって言ってたよね？」

　こちらに顔を向けて尋ねられ、朱音はぼんやり薄れた過去の記憶を探りながら、小さくうなずく。

「……うん。粉に卵と牛乳だけ入れて、混ぜて……焼いてた」

　あれは、篠田の言うホットケーキミックスというものだったはずだ。

　口にしたのはたったの二回だけれど、それまで朱音が食べたことのあるどんなものより美味しかったし、あれ以上に美味しいと感じるものには今も出逢っていない。

「了解。じゃあ、素朴なホットケーキを目指そう」

　銀色の大きなボウルに篩《ふるい》のようなものを使って粉を振り入れ、スプーンを使って砂糖を一杯……二杯。ベーキングパウダーと書かれた小箱から、白い粉をほんの少し。

　そこに卵を割り、牛乳を注ぎ……茶色の小瓶から一滴だけ雫を落とすと、手早く泡立て器で混ぜ合わせる。

力強く泡立て器を操る篠田の手元で、あっという間に滑らかな卵色の生地ができ上がり、不思議な心地で凝視した。

「本当はスケールできちんと計るべきだけど、スポンジケーキならともかくホットケーキだったら目分量でもほとんど失敗しない。生地ができたら、あとはバターを薄く敷いたフライパンで焼くだけだ」

「こんなので、できるんだ」

思わず、そんな言葉を零す。

市販の粉に、卵と牛乳を入れて混ぜればいいだけのものと、ほとんど変わらない手順だ。

朱音は、自作しようなどと考えたことも試みたこともないので、目の前の光景に驚くばかりだった。

もちろん誰もがこれほど手早く作れるわけではなく、篠田の本職が菓子職人であることも大きな要因だと思うけれど。

「簡単だろ。フライパンを温めて、バターを溶かして……一旦濡れ布巾の上で熱を取る。こうしたら、熱の斑がなくなって焼き色が均一になる。バターは焦げやすいから、本当にちょっとだけな」

朱音に説明しながら大きなフライパンを持つ手を動かして、お玉ですくった卵色の生地を中心に落とす。

火のついたガスコンロにフライパンを置き、ガラスの蓋を被せた。

「弱火で、じっくり火を通す。生地を休ませたほうがいい……とか、ちょっとしたコツはあるけど、今回は可能な限り省略だ。シンプルイズベスト」

楽しそうに、でも真剣な目でフライパンを見下ろしながら語る篠田からは、本当に菓子作りが好きなのだと伝わってくる。

コンビニで見かけていただけの時、夜の公園で初めて逢った時、そして今……印象が少しずつ変わり、不思議な気分だった。

馴れ馴れしい変な人かと思えば、余裕のある優しさを感じさせて、よく知らないはずの朱音を警戒することなく自宅に招き入れる。

十歳も年上とは思えないほど楽しそうに、リズミカルにホットケーキを作る。

長身の篠田と並んでフライパンを見ていると、封印したはずの幼い頃の記憶が湧き上がりそうで……。

ぼんやり思考を巡らせていた朱音は、

「そろそろ裏返すかな。表面に、ぷつぷつと泡みたいなものが出てきただろ。こうなったら、引っくり返してOKだ」

「あ……」

そんな篠田の声に、ビクッと肩を震わせた。

フライパンに被せていたガラス蓋を外すと、ふわりと湯気が立ち上る。それと一緒に甘い香りが漂ってきた。

「平気か？」

白昼夢から覚めたような不可思議な感覚の中、朱音は目をしばたたかせて「うん」と首を上下させる。

気持ち悪くなるどころか、いい匂いだと感じる自分に戸惑った。

「返すの、やってみる？」

「無理」

篠田が持っているフライ返しを差し出され、頬を引き攣らせて足を後ろに引いた。

絶対に無理だ。失敗してグチャグチャになるのが、目に見えている。

引き攣った顔をしているだろう朱音に、篠田はクスクス笑いながら左手に持ったフライパンを軽く揺すった。

「じゃあ、見てて。一、二の……三」

三の掛け声と同時に、篠田がフライ返しを差し込んでフライパンを大きく動かす。直後、ホットケーキが宙を舞い、きつね色に焼けた側が上になってフライパンに着地した。

「……っ」

ポン、と投げて……クルリと回り、またポンと戻った。

すごい、としか言えない。朱音は、目の前で繰り広げられた魔法のような数秒間に目を丸くして絶句する。

「ふ……っ、目が真ん丸になってるぞ。可愛いな」

「だ、だって……ビックリした」

可愛いという、好きではない言葉に反論する余裕もなく、手の甲で目元を擦る。

放り投げてホットケーキを引っくり返すなんて、テレビや漫画の中だけだと思っていた。本当に、あんなことができるなんて……驚きだ。

マジマジとフライパンの中のホットケーキを見つめていると、隣から低いつぶやきが聞こえてくる。

「っとに、たまんないな。……ぎるだろ」

「え？」

ハッキリ聞き取れなかった言葉を聞き返そうと、隣を見上げる。篠田はフライパンをジッと見下ろしていて、朱音と目を合わせない。

わざわざ聞き返すまでもない、他愛のない独り言だったのかと、朱音も再びフライパンへと視線を移した。

可愛すぎる……とか、聞こえた気がしたけれど、こちらから改めて尋ねるのも変だなと口を噤む。

もし正解だったとしても、怒るにはタイミングが遅いし……どんな反応をすればいいのか、困るだけだ。

甘い匂いが漂っているのに、気分が悪くなりそうな兆候もなくて、ただひたすら奇妙な落ち着かなさだけが胸の内側に渦巻いていた。

「そろそろいいかな。お皿に、フォークとナイフ。メープルシロップはダメだっけ？　バターと、蜂蜜だけ？」

ガスの火を止めた篠田は、ガスコンロの脇に大きな白い皿を置いて、フォークとナイフを並べる。

メープルシロップというものは、聞いたことはあっても一度も口にしたことがないので、どんな味なのか想像するしかない。

だから、ダメかどうかわからないけれど、朱音の知っている『ホットケーキ』はバターと蜂蜜がかかっているものだった。

「バターと蜂蜜」

朱音が短く答えると、篠田は「わかった」とうなずいた。

傾けたフライパンから、キレイに焼けたホットケーキが滑り落ちるようにして皿に移る。

その上に四角いバターを載せてチューブの蜂蜜を落とすと、ホットケーキの熱でジワリとバターが形を崩した。

蜂蜜と混じり合い、トロリと流れ落ちていく。甘い匂いが一層強くなったように感じたけれど、嫌な気分の悪さはまったく湧いてこなかった。

「はい、どうぞ」

朱音は差し出された皿を反射的に両手で受け取り、湯気の立つ丸いホットケーキをジッと凝視する。

形も、焼き具合も、記憶にあるホットケーキよりずっとキレイだ。

「カウンターでも、あっちのソファでも、好きなところに座って。一人じゃ食べにくいだろうから、俺も焼こう。シンプルなホットケーキは、久し振りだな」

「じゃあ、ここ……で」

キッチンカウンターを視線で指した朱音は、白い皿を持ったまま回り込んで背の高い木のイスに座った。

ここだと、篠田が作業している様子が見える。

「待たなくていいよ。すぐにできるから……温かいうちに、どうぞ」

「ん……イタダキマス」

手を合わせた朱音は、フォークだけを手に持ってホットケーキの端を切り崩した。

小さな欠片を口元に運び、恐る恐る齧りつく。

甘い……けど……。

うつむいた朱音は、右手に持っていたフォークを白い皿の端に置いて融け落ちるバターを見つめる。

「朱音？」

そのまま微動もしないせいか、訝しげな声で篠田が名前を呼びかけてきたけれど、動けなかった。

優しい味だ。温かくて、バターは少し塩っぱくて……蜂蜜は甘くて。どう言い表せばいいのかわからない塊が、胸の奥からせり上げてくる。

今、口を開いたらどんな声が出るかわからないので……なにも言えない。

「どうした？　やっぱり、気持ち悪い……」

カウンターを回ってきた篠田が、気遣う声でそう言いながら朱音の肩に手を置いた。背を屈め、顔を覗き込んできて……視線が絡む。

「ダメだった？」

「っ……！」

勢いよく首を左右に振った朱音は、コクンと喉を鳴らして伝えなければならない一言をなんとか口にした。

「あ、の……美味しい」

きちんと言えた、と安堵したのと同時に、意識することなく頬が緩む。

すると、間近で朱音の顔を見ていた篠田は、何故か眉間に皺を刻んでこれまでにない険しい表情になった。

篠田のそんな顔を見るのは初めてで、心臓がトクンと大きく脈打つ。なにが、気に障ったのだろう。

「和成、さ……」

朱音が恐る恐る名前を呼びかけようとした瞬間、目の前に影が落ちる。スッと空気が動き、唇に……やんわりとしたなにかが、触れ……た？

指先を動かすこともできずに硬直していると、唇に触れていたぬくもりが離れていく。

「え……あ、れ？」

グッと長い腕の中に抱き込まれた途端、ようやく金縛りが解けた。

さっきのは、なんだった？　今も、なに？　イスの脇に立っている篠田の両腕に抱き寄せられて、腹のところに頭……が。

混乱の渦に巻き込まれた朱音は、声も出せずに目を白黒させる。

「まいったな。……いきなりキスなんかして、ごめん。朱音が、あんまり可愛い顔で笑うから……つい、やっちゃったじゃないか。初めて、そんな顔を見た」

キス……？

さっき唇に触れたのは、篠田の唇だった？

そう気づいた途端、心臓の鼓動が跳ね上がる。小刻みに震える指を握り締めて、喉から声を絞り出した。

「お、おれが悪い、のか?」

「違う。そうじゃなくて……俺の理性が、自覚していたより脆《もろ》かったってことだな。ついでに、薄々感じていながら逃げていたモノの正体を、容赦なく突きつけられた」

「……なに?」

篠田がなにを言っているのか、なにを言おうとしているのか……朱音にはわからない。わからないのに、動悸だけがどんどん加速していく。

耳の奥で、ドクドク……うるさい。全身を忙しなく血液が駆け巡り、手のひらに握り締めた指先までジンジンと痺れているみたいだ。

「朱音が女の子だったら、もっと早く……答が出ていた。俺、男の子でも恋愛対象にできるんだなぁ」

いつも自信と余裕のありそうな声で語る篠田には珍しく、自嘲するような弱々しい調子だ。そこに気を取られて、語られた内容を把握するのに時間がかかった。

「レン……アイ?」

「朱音が好きだ、って言ってるつもりだけど。じゃないと、キスなんかしない。一応、生粋の日本人だからな」

朱音の反応が鈍いせいか、今度はハッキリと告げてくる。

潔いとも言えるそんな言葉は篠田らしくて、今度は言われた内容をきちんと捉《とら》えられたのに……理解できたから、返す言葉を失った。

固まっていると、抱き寄せられていた腕から力が抜ける。両手で頭を掴まれて、顔を仰向けられた。

視線が合った篠田は、真摯《しんし》な目で朱音を見下ろしていた。タチの悪い冗談だと、茶化すことのできない空気を纏っている。

「ビックリ眼《まなこ》も、可愛いけどね。自分でも驚いた。よく考えれば、最初から朱音は特別だったのに……気づかないふりをしていたんだろうな。見かけも好みで、少し……かなり意地っ張りで、弱みを見せるのが嫌いだろ。でも、俺みたいに近づいてくる人間を突っぱねきれない。自覚してないだろうけど……淋しがりだ」

朱音があまりにも動揺しているせいか、篠田は余裕を取り戻したらしい。

もしくは、開き直ったのか……ふっと息をついて苦笑を滲ませると、

「聞こえた？」

と言いながら、頬に触れてくる。

ビクッと身体を震わせた朱音は、ようやく頭を振って篠田の手から逃れた。

「聞こえた、けど……でも」

どうすればいいのか、わからない。

男に……男だけではなく、誰かから「好きだ」などと言われたのは初めてなのだ。好意を寄せられること自体に慣れていないのに、『恋愛感情』？　朱音のキャパシティを超えている。

「まぁ、驚くよな、俺自身も驚いているんだから。いきなり恋人になれとは言わない。気持ち悪がって、避けないでくれるとありがたい。これまでと同じように、とりあえず……友人でいてくれる？」

「うん。でも、友……だった、のか」

頭の中が、ぐるぐるしている。混乱に翻弄され、考えがまとまらないまま思い浮かんだことを口に出してしまう。

落ち着きなく視線を泳がせる朱音に、篠田は苦笑して髪を撫で回してきた。

「おいおい、じゃあ朱音はどんなつもりだったんだ」

「どんな……」

自分は、篠田にどんな感情を抱いているのだろう。

気持ち悪い？　避ける？

そんなこと、考えもしなかった。唇に触れたのがキスだったとわかっても、篠田に対する嫌悪は微塵もない。

特別だったというなら、朱音にとっての篠田も同じだ。

無視できない。落ち着かない。篠田がなにを考えているのかわからなくて、怖い。

それなのに、逢わずにいられない。一緒にいたら、誰にも感じたことのないドキドキが込み上げてくる。

意地っ張りだとか、突っ張っているくせに淋しがりだなんて決めつけられて、ムッとしたのに……否定できなかった。

でも、距離を詰めてきたのが篠田ではなければもっと必死で逃げていたように思う。

すべての理由が、根底に流れる『好き』なのだとしたら……一つのところに集約できるのでは。

「あの、おれ……」

「っと、ごめん。フライパンがヤバい」

パッと顔を上げた篠田は、急ぎ足でカウンターを回り込む。フライパンのガラス蓋を開けるまでもなく、「ヤバい」の意味を鼻に感じていた。

……間違いなく、焦げている。

「うーん……無事なところだけ、なんとか……と思っても、これは救済不可能かな」

唸った篠田は、難しい顔で腕組みをしてフライパンを見下ろしている。

こんなに美味しいのに。もったいない事態になってしまった。

「これ……半分、食べる？」

そろりと声をかけると、カウンター越しに目を合わせてきた。

朱音がそんなことを言い出すと思わなかった……とでも言いたげな、少し意外そうな顔だ。

「朱音がいいのなら」

「うん」

迷わずうなずくと、嬉しそうに笑ってカウンターを回ってくる。

隣のイスに腰を下ろして、

「あーん」

と口を開いた篠田に、フォークを向けた。

「自分でどうぞっ」

「あらら、残念」

クスクス笑った篠田は、朱音の手からフォークを受け取ってホットケーキを切り分けた。

もうすっかり、いつものペースを取り戻している。朱音は今でもドキドキしているのに、なんだか悔しい。

おれも好きかも……と言いかけたのに、タイミングを逃してしまったせいで、勇気の充電にまた時間が必要だ。

「美味しいって言ってくれて、本当に嬉しかったよ」

思いがけず真剣な声で、ポツリと口にした篠田を見遣る。朱音を見る目は、真剣な色を浮かべていた。

「嘘じゃなく、ホントに美味しかったし……なんか、懐かしい味だった」

懐かしいと口にした直後、あたたかい思い出とセットになっている苦い記憶も呼び覚まされてしまった。

子供の朱音にホットケーキを食べさせてくれた人は、優しくて、大好きで……慕わしくて、だから憎い。

矛盾する感情で、どれが真実なのかわからなくなりそうだ。

朱音が複雑な思いを抱えて口を噤むと、篠田が「懐かしい……か」と零して、唇に微笑を浮かべた。

「そういえばさっき、朱音が笑った顔を見て思い出した。俺が菓子職人になろうと思ったきっかけの子が、初めて作ったホットケーキを食べた時に、似たような顔で笑ってくれたんだ。形も不細工で、端のほうが焦げてて……あまりおいしくなかったと思うけどね。小学校低学年くらいで……みゃーちゃんっていう子なんだけど、可愛かったなぁ。お母さんも美人だったたし、今だとすごい美少女になってるだろうな」

思い出した、と。

淡々と語り出した篠田の言葉に、朱音は息を呑んだ。

なんだろう……心臓の動悸が、先ほどまでとは違う。嫌なリズムを刻んでいる。指先が冷たくなり、爪が手のひらに食い込むほど強く握り締めた。

「みゃー……？」

「猫っぽくて可愛いだろ。本人がそう言ったから呼んでいたけど、きちんとした名前は知らないんだ。十年近く前か……ちっちゃいアパートの隣に住んでいて、今から思えば育児放棄されていたのかな。見かけるたびに同じ服で、お腹を空かせていた。身なりはよくなかったけど、本当に可愛かったよ。俺のこと、しのちゃんって言って……」

篠田の声が、どこか遠くから聞こえてくるみたいだった。

足元に、スーッと血の気が下がっていくのがわかる。座っていてよかった。立っていたら、間違いなく崩れ落ちている。

「朱音？　っ……顔色、真っ青だぞ」

ふとこちらに顔を向けた篠田が、鋭い声を上げる。グッと肩を掴まれて、大きく身体を震わせた。

「あ……、なんでもないっ」

「なんでもないわけがないだろ！　やっぱり、甘いものがダメだったんじゃ」

「違うっ！　ホットケーキは、ホントに美味しいんだ。そうじゃなくて……ッ」

では、なんだと。

篠田が息を詰めて続きを待っているのはわかっていたけれど、それ以上声を出すことができなかった。

苦しい。苦しい、苦しい。

胸の内側を、真っ黒くて大きな塊に塞がれてしまったみたいだ。

篠田に、なにも……言えない。

「ごめん、おれ……帰る。ごちそうさまでした」

うつむいて篠田から顔を隠したまま、イスから立ち上がる。回れ右をしかけたところで左手首を掴まれて、動きを止めた。

「やっぱり、俺が嫌になった？」

低く、感情を抑えた声で静かに尋ねられて、勢いよく首を左右に振る。

それは、違う。そうではないけれど、ではなにかと追及されてもどう答えればいいのか惑うばかりだ。

「違う……そうじゃない。ちょっと……なんか、頭の中がグチャグチャになってて……一人になりたい」

朱音の混乱の理由が、自分の告げた『好き』のせいだと思ったのだろう。篠田は苦しそうな顔で、「ごめん」と口にした。

唇を噛んだ朱音は、なんとか「謝らないでよ」とだけつぶやいて、手首に絡む篠田の指から逃げた。

　バッグを拾い上げると、ふわふわする足元を必死で踏み締めて玄関へ向かう。

　篠田は篠田でショックを受けているのか、ありがたいことに朱音を追ってこなかった。

　焦燥感に足踏みをしながらエレベーターが一階に着くのを待ち、エントランスホールを駆け抜ける。

　全速力で駅前とコンビニエンスストアを通り過ぎ、唯一独りきりで身を置くことのできる自宅アパートを目指した。

　篠田のマンションとは別世界のような古びたアパートの階段を駆け上がり、震える手で鍵を開けて……靴を脱ぎ捨てる。

　部屋の隅に畳んで重ねてある布団に身を投げ出すと、張り詰めていた気が抜けたせいか、とてつもない虚脱感に襲われた。

　全身が重く、このまま布団に沈み込んでいきそうだ。

「ッ……なに、なんで……和成さんが、しのちゃん……」

　あたたかなものも、苦いものも。

　全部一緒に折り畳んで見えないように封印し、胸の奥底に沈めてあった箱の蓋が弾け飛ぶ。

　無理やり詰め込んでいたものが、弾みをつけて一気に噴き出してきた。

　ガチガチと耳障りな音は、自分の震える奥歯が発しているのだと気がついて、親指のつけ根に噛みついた。

「っふ……ぅ……」

限界まで小さく身体を丸めて、今にも吹き飛ばされそうなほど荒れ狂っている記憶の嵐に耐える。

きつく閉じた瞼の裏に、きつね色に焼けたホットケーキが浮かび……『篠田』の顔と、消えかかっていた『しのちゃん』がピタリと重なった。

《五》

あの頃のことは、あまり記憶にない。

一日の大半をゴミが散乱する狭いアパートの一室で過ごしたけれど、毎日ではなくても小学校には行っていたはずだ。

小学校に登校さえすれば食べられる給食が、なんとか空腹を満たしてくれたのだから。

朱音にとっての母親は、週に数回アパートの扉を開けて、「ほら、エサだよ」と言いながら食べ物の入ったレジ袋を置いていく人……だった。

レジ袋に入っているのは、簡単で安価に入手することのできるチョコレート菓子や甘い菓子パンばかりで、栄養価という意味では無きに等しいものばかりだった。今から思えば、その時々でつき合いのある男が、パチンコの景品交換の際に手に入れたものも多かったかもしれない。

それでも、耐えがたい飢えをしのぐことのできるなら、どんなものだろうとよかった。

空腹を誤魔化すために水ばかり飲んでいた朱音にしてみれば、味がついているだけでご馳走だったのだ。

滅多に帰宅しない母親だったけれど、時々、男の人を連れて帰ることがあって……そんな日は、「あんた邪魔」の一言で部屋の外に出されることになる。

晴れていたり昼間だったりしたらマシなほうで、雨の夜が一番つらかった。

でも、他に行くところがどこにもない朱音は、アパートの廊下の隅で座り込んで時間が過ぎるのをひたすら待った。

あの日も廊下に出された朱音は、抱えた膝に顔を伏せてウトウト眠りかけていた。

昼過ぎから降りだした雨のせいで、薄いTシャツとハーフパンツという服装では早春の夜は肌寒く……できる限り身を縮める。

「なんか……お腹、すいたかも」

空腹に慣れ切ってしまっているので、感覚が鈍くてよくわからないけれど、お腹が空いている気がする。

でも、いつになればドアが開いて部屋に入れてもらえるかわからない。

きっと、朝になったら……空が明るくなれば、「入りな」と手招いてくれるはずだ。少し苦手なジャムのパンとか、ベッタリとしたクリームの潰れたパンでも……なんでもいいから、食べたい。

母親が飲んでいるような、ジュースやコーヒー牛乳でなくてもいい。水でもいいから、喉の渇きを癒したい。

今は、目を閉じてそれらを夢想するしかないけれど。

そうして、どれくらい時間が過ぎただろうか。

階段を上がってくる足音に意識を呼び覚まされ、のろのろと顔を上げる。廊下の天井にある電気が、朱音の脇で足を止めた人を照らしていた。

「……？」

キラキラの金色の髪をした、大人の男の人だ。目が合った朱音を、しばらく無言でジッと見て……通り過ぎた。

どうやら、廊下の奥の部屋に住んでいる人らしい。鍵を開けて部屋に入り、パタンとドアが閉められる。

興味を失くした朱音がまた膝に顔を伏せたところで、扉の開く音が耳に入った。続いて、足音がゆっくりと近づいてくる。

「おい」

最初は、それが自分に呼びかけられた一言だと気づかなかった。もう一度、「おい」と言いながら頭のてっぺんをツンと突かれて、ようやく顔を上げる。

「ここでなにやってんだ？」

「……お母さん、外に出てろ……って。男の人、一緒だから」

ポツポツ答えた朱音に、キラキラの髪をした男は「チッ」と短く舌を打って、顔を歪めた。

聞かれたから答えたのだけれど、言ってはいけなかったのだろうか。

「ごめん……なさい」

「違う。おまえにムカついたんじゃない。ここ、寒いだろ。……こんなところに座ってないで、ウチに来るか？」

ついさっき、鍵を開けるのを見た部屋のドアを指差しながらそう誘われて、驚いた。

こうして廊下に蹲《うずくま》るのは、今日だけではない。

これまでも何人もの大人が目の前を通り過ぎていったけれど、朱音にそんなことを言った人は初めてだ。

「最近は誘拐がなんとかって、世間さまの目がうるさいもんな。ヤバいかな」

迷うように視線を彷徨《さまよ》わせた男が、廊下を引き返そうとしていることに気づいて……慌てて立ち上がった。

「……行く」

「ああ？　……しゃぁねぇな」

朱音の小さな一言を、聞き逃さなかったらしい。ため息をつきながらも、視線で「来い」と促してくれる。

男の後について自室と同じような扉を入り……立ち止まった。

同じはずなのに、違う。

朱音の家はゴミが散乱して、敷きっぱなしの布団がひとつあるだけなのに……ここは、畳を覆うようにふかふかの絨毯が敷かれている。

壁際には、ダンボール箱がいくつも積み上げられていた。

「一緒に住んでいたやつが、彼女と同棲するって追い出されたんだよ。三月末には寮の空きが出るから、それまでの緊急避難なんだ。見苦しいかもしれないが、気にするな」

「……うん」

キンキュウヒナンの意味はよくわからないし、見苦しいという言葉も難しい。でも、うなずいたほうがいいだろうと頭を上下させる。

「九時過ぎか。いつからあそこにいたのか知らないけど、腹減ってないか？　でも、ガキが食べそうなものなんか……あー……別れた女が置いていった、ホットケーキミックスがあった。卵と牛乳もあるから、作れないこともないかな。これでいいか？」

しゃべりながら冷蔵庫のあたりをゴソゴソしていた男が、赤と黄色のパッケージを手にして朱音を振り返る。

なにか食べるかという問いかけに驚いた朱音が、きょとんとした顔をしているせいか、男はほんの少し眉を寄せた。

「嫌いだったか？」

「し、知らない。食べたこと、ない」

慌てて口を開いた朱音は、初めて目にする『ホットケーキミックス』という文字をマジマジと見つめる。

「食ったこと、ない？　……ガキはたいてい、好きだろ。よし、作ってやろ。料理なんか滅多にしないんだ。不味くても文句言うなよ」

腕まくりをした男は、朱音が答えるより早くキッチンスペースで作業を始める。

所在ない朱音は、そろりと背の高い男の隣に立ち、手元を覗き込んだ。

「混ぜて焼くだけだから、食えないことはないはずだ。……牛乳二百ＣＣとか、どれくらいなんだ？　適当に、コップ半分でいいか……あれ、もっとか？　で、卵……と、あとは混ぜればいいんだろ」

大きな丼の中で、箸を使って粉や牛乳、卵を混ぜ合わせる。しばらくグルグルと掻き混ぜて、フライパンにドバッと流し込んだ。

「よし、これで焼けばいいだけのはずだ。えーと……弱火で数分、気泡が浮かんできたら引っくり返して……ま、焦げなければいいんだよな」

空になった箱のどこかに説明書きが載っているのか、手に持ってぶつぶつ言いながらフライパンを火にかける。

ジッと見ているうちに、甘い匂いが漂ってきた。

「気泡って、これか？　あ……引っくり返すのは、箸じゃ無理かな。んー……適当でいいや。テフロン加工だから、くっつかないだろ」

なにやら悩んでいたようだけれど、左手でフライパンを持った男は、右手に持った箸を使ってしばらく格闘していた。

「ふ……ふふ……ま、まぁいいだろ」

奇妙な含み笑いを漏らしたかと思えば、「うん、上出来だよな」と一人でつぶやいて、朱音を見下ろした。

「不味かったら無理して食わなくていいからな」

「……うん」

「はっ、ガキは正直だな」

朱音は言われたことにうなずいただけなのに、男は複雑そうな表情で目を逸らした。

そして、絨毯の敷かれている部屋を視線で指す。

「えーと……そのあたり、どこでもいいから座ってろ。デカい皿は、ダンボールの中か。フライパンのままでいいだろ。あとは、バター……と、蜂蜜ならあった気がするな。えーと、どこだったか……」

男はしばらく台所のあたりを探っていたけれど、フライパンを手に持ったまま振り向いた。

絨毯の真ん中に膝を抱えて座っている朱音を目にして、ククッと肩を震わせる。

「そんなに、ちっちゃくならなくていい。テーブルもないから、箱の上に置くぞ。フォークだけでいいよな？」

小さめな箱を壁際から足で移動させて、フライパンを置く。銀色のフォークを差し出されて、おずおずと受け取った。

「どーぞ。……食えなくはないはずだ」

覗き込んだフライパンの中には、ところどころ崩れた歪な形のものがあった。全体がきつね色をしていて、端のところが焦げている。

ホットケーキとは、こういうものなのか。

そろそろとフォークを刺した朱音は、一口サイズに切り取ったホットケーキに齧りつく。

「熱っ」

思ったより熱くて、ビックリして口から離した。フォークの先をジッと見ていると、男が大きな手をパタパタ動かして風を送ってくる。

「おいおい、火傷するなよ。ふーふーしろ」

「ん……」

慎重に息を吹きかけて冷ますと、今度こそ口に入れた。

甘くて、少しだけ塩気があって……あたたかい。

「……どうだ？」

心配そうに尋ねられて、顔を上げる。朱音を見ている男と目が合い、自然と頬を緩ませた。

「美味しい」

甘いものを、美味しいと感じたのは初めてだった。

母親が置いていくチョコレートや菓子パンは、生きるために仕方なく口にするばかりで……味などロクにわからない。

ジャムパンとかクリームパンとかチョコパンとか、甘いものばかり食べていると、気分が悪くなることもある。

でも、このホットケーキは、あたたかくて優しい味がした。

「そっか。よかった。……笑うと可愛いなぁ」

そう言いながらクシャクシャと頭を撫でられて、くすぐったさに首を竦ませる。

大きな手で乱暴に撫で回しているようでいて、優しい。その手からは、ホットケーキと同じ甘い匂いがした。

「おまえ、名前なんてーの?」

「みゃ……ち」

宮内、と。

小さな声で答えたつもりだったけれど、フォークを咥えていたせいで不明瞭な言葉になってしまったらしい。

男は首を傾げて、

「みゃー?　猫みたいだな」

そう言いながら、ククッと笑う。

訂正しようとした朱音をよそに、「みゃーちゃんか」と笑みを深くしてポンポンと頭に手を置くから……それでもいいような気がして、口を噤んだ。

「俺は……」

「しのちゃん?」

「ん?　なんで?」

「その箱……書いてる」

朱音が指差したダンボール箱の側面には、『しのゲーム』とマジックで書かれていた。隣の箱には、『しの服』と。

だから、『しの』がこの男の名前だと思ったのだ。

「元同居人が勝手に書いたんだが、まぁ……間違いじゃないな。それでいいか。しっかり食えよ、みゃーちゃん。……そういや、飲み物がいるか」

フライパンを指差した『しのちゃん』は、優しく笑って「ホットミルクでいいか?」と立ち上がる。

窓に吹きつける雨の音を聞きながら、あたたかくてふかふかの、優しい甘さのホットケーキを食べて、ほんのり甘いホットミルクを飲む。

これまで知らなかったぬくもりで満ちた時間は、朱音の胸の奥に大切に仕舞われた。

階段を上がってくる、誰かの……足音。

カンカンと響く音に気づいた朱音は、抱えた膝に伏せていた顔をのろのろと上げる。

珍しくお昼過ぎに帰宅した母親が、「呼ぶまで出てな」と朱音を廊下に出して……何時間が過ぎただろう。

ここに座り込んだ時は空が明るかったのに、すっかり暗くなっていた。

「あれ？　みゃーちゃん、またか？」

廊下の端にうずくまっている朱音の前で立ち止まった『しのちゃん』は、ほんの少し眉を顰めてピッタリ閉じられた朱音宅の玄関扉を横目で見遣る。

この前は「おいで」と言ってくれたけど、二回目となると面倒がられるだろうか……と、身を小さくする。

誰かに期待することは、とっくにやめていた。

受け止めてくれるのではないかと期待して手を伸ばし、その手を振り払われてしまった時の落胆が怖い。

それに、疎まれるくらいなら、邪魔にならないよう小さくうずくまっていたほうがいい。

そうして再び顔を伏せようとした朱音に、小さく嘆息した『しのちゃん』は、

「ホットケーキ、食うか？　この前のとは違うヤツだけど、ミックス粉を買ってきた」

手に持っているレジ袋を掲げると、そう言いながら笑いかけてくる。

座り込んだまま『しのちゃん』を見上げていた朱音は、思いがけない誘いにパッと目を輝かせたはずだ。

「この前の、あんまりおいしくなかっただろ。今回はもうちょっとうまくできるはずだから、リベンジさせろ」

「……うん」

うなずいて、座り込んでいた廊下から立ち上がった。長い時間膝を抱えてうずくまっていたせいか、脚にうまく力が入らなくてふらりと身体が揺れる。

「おっと、転ぶなよ」

そう言いながら朱音の二の腕を掴んだ『しのちゃん』の手は、ビックリするほど大きかった。

大人の男の人の手……大きくて、力が強くて、シャツの布越しでもあたたかい。驚きに、無言で目をしばたたかせてしまう。

すぐに朱音の腕から手を離した『しのちゃん』は、ポケットから鍵を取り出して玄関扉を開けた。

「どーぞ」

「お……お邪魔、します」

「おー。挨拶できるいい子だな」

おずおずと口にした朱音にそう言って笑った『しのちゃん』から、照れくささのあまり目を逸らし、この前とほとんど変わっていない部屋に入る。

「そのあたり、座ってろ」

絨毯の敷かれた部屋の真ん中あたりを指差され、靴を脱いだところだった朱音は小走りで『しのちゃん』の脇に駆け寄った。

「あっ、また、見てて……いい？」

座って待っているよりも、隣で見ていたい。そう訴えた朱音に、「いいけど」と答えながら腕まくりをする。

「手を洗って……と。材料は揃ってるから、すぐできる」

この前と同じ材料を冷蔵庫から取り出した『しのちゃん』は、鍋の中で牛乳と卵、粉を混ぜ合わせてフライパンに移し……あっという間に湯気の立つホットケーキを作ってくれた。

彼自身も言っていたように、前回よりもずっと手早くキレイなものができ上がった。

「どうだ？」

「すごい」

そう胸を張って見せられたフライパンには、キレイなきつね色のホットケーキが。端が少しだけ焦げているけれど……なかったコトにできるくらい、ほんの少しだ。

この前と同じ、ダンボール箱のテーブルだったけれど、朱音の目にはテレビで見たことのあるレストランのものよりずっと美味しそうに映った。

「すごいね、しのちゃん」

「……菓子作りが趣味の友達のところで練習したからな。よし、食え。バターと……蜂蜜」

朱音にフォークを握らせた『しのちゃん』は、バターと蜂蜜を熱々のホットケーキに載せてくれる。

湯気と一緒に、甘い匂いが立ち上り……朱音は自然と頬を緩ませた。

「ホットミルクでいいよな。俺も一緒に食うかな」

「う、うん。しのちゃんも、一緒がいい」

笑ってうなずいた朱音に、『しのちゃん』は「ヤバいな、すげぇかわいーぞ」と何故か苦笑して……。

二人でフライパンを挟んで向かい合い、あたたかくて甘いホットケーキを両側からフォークでつつく。

お腹がいっぱいになると、「ゲームでもするか」とテレビを指し示された。

テレビゲームはほとんどしたことがなくて、下手な朱音に根気強く教えてくれる。

慣れた様子でコントローラーを操る『しのちゃん』に、手放しで「すごいね」と言ったら、照れくさそうに笑った。

想像したこともない楽しくて幸せな時間は、あっという間に過ぎた。

別れ際、『しのちゃん』は朱音の頭に手を置いて、

「ホットケーキくらいなら、また作ってやるぞ」

と、笑ったのに……。

その先も幾度となく訪れるかと思っていた幸せな時間は、突然途絶えた。

週に一、二度だけ顔を見せていた朱音の母親が、とうとう帰ってこなくなったのだ。

空腹に耐えかねてアパートの部屋を出た朱音は、自然と『しのちゃん』の部屋のドアに手を伸ばしたけれど、鍵がかかっていて開かなかった。

それからの記憶は、あやふやだ。

部屋に戻り、一人で途方に暮れていると、アパートの大家さんだという老夫婦と女の人が朱音の前に立った。

「この子だ。可愛そうに……母親に捨てられるなんて、犬猫じゃあるまいし」

「男と一緒だったって？」

「一階の鈴木《すずき》さんが見たらしいからね。背格好が、隣にいた大学生と似た感じの、ずいぶん若い男だったとか……子供より男を選ぶのか」

顔を顰めながらの老夫婦の会話に、女性が割って入る。

「すみません、子供の前でそういう話は……。わかっていないようで、きちんと聞いているんです。宮内、朱音くんだよね?」

しゃがみ込んで朱音と目を合わせてきた女性に、無言でコクリとうなずく。朱音が反応したせいか、女性はホッとしたように微笑を浮かべた。

「お母さん、長く帰ってきてないんだよね。一人でここにいることはできないから、おばさんとお友達がいるところに行こう? お母さんには、きちんとそこにいますってお知らせしておくから……帰ってきたら、迎えに来てくれるよ」

そっと手を取られて、唇を噛む。

うなずくことも、嫌だと突っぱねることもできなかった。

母親が帰ってきたら、迎えに来る? きっと……もう帰ってこない。老夫婦が言っていたように、朱音は捨てられたのだ。

女性に連れられていったのは、朱音と似たような境遇の子供が集められた施設だった。

中学卒業するまではそこで過ごし、卒業後は中学時代の教師に保証人になってもらってアパートを借りての一人暮らしを選択した。アルバイトをしながら定時制高校に通い……四年をかけて、卒業に必要な単位を得た。

中学を卒業する頃には、『母親の迎え』など爪の先ほども期待しなくなっていた。

朱音は、捨てられた。

それも、どうやら若い男とともに姿を消したと……相手が、『しのちゃん』だと、おしゃべりな大家が語っていた言葉の意味も、その時分には理解していた。

もしかして、母親に近づくことが目的で自分に優しくしてくれたのだろうか……と。

そんなことまで想像しては、真っ黒な塊が胸の内側に渦巻いて、苦しくて苦しくてたまらなかった。

やさしい、幸せな思い出だけを都合よく残すことなどできず、十年をかけて、甘くて苦い記憶を封じることに成功した……と思っていた。

それなのに、ぼんやりとした輪郭のみだった『しのちゃん』が、篠田とピッタリ重なり……朱音に向かって、『みゃーちゃん』と呼びかけてくる。

「……っっ!」

ビクリと全身を震わせて目を見開くと、見慣れた天井が視界に映った。

一瞬、過去に戻ったのではないかと思ったけれど……違う。子供の頃にいたアパートではなく、朱音が一人で暮らしている部屋だ。

いつの間に眠っていたのか、窓の外は夜の帳《とばり》が下りていた。カーテンを引いていないせいで、街灯の光がほんの少し差し込んできている。

「今、何時だ……？　バイト……無断欠勤……」

時計を手繰り寄せて、時間を確認する。

八時……か。連絡なしにバイトに現れなかったら、電話をかけてくるはずだと携帯電話を手にすると、充電が切れていた。

「充電して、連絡……しないと。コンビニと、警備会社……も」

頭も、身体も重い。動けそうにない。

携帯電話の充電をしなければ……と思うのに、またしても折り重ねた布団に上半身を伏せてしまう。

「和成さんが、しのちゃん……？　この顔が、好みなワケだ」

皮肉な笑みで頬を歪ませた。

朱音は、母親とそっくりの顔をしているらしい。

あの人がどんな容姿をしていたのか、ほとんど憶えていないけれど……鏡を見るたびに、こういう顔なのかと苦い気分になる。

「一人、みたいだったな。別れたのかな。……ザマーミロ」

そんなことをつぶやいても、気分は少しも晴れなかった。

今はまだ混乱の中にいて、なにをどう考えればいいのかわからない。

もしかして篠田は、母親が今どこにいるのかなにをしているのか、知っているのかも……と、頭を過ったけれど、今更どうでもいいかと思考から追い出す。

「あれがおれだって、全然気づいていないみたいだったな」

篠田は、『みゃーちゃん』と目の前にいる朱音が同一人物だなどと、微塵も気づいていないようだった。

確かに、あの頃の朱音は栄養状態がよくないせいで同世代の子供より小さく、実際の年齢より幼く見られていた。

篠田も、小学校低学年の……。

「女の子だって、思ってるんだ」

そうだ。美少女になっているだろうと、笑っていた。

みゃーちゃんという名前の幼い女の子と、今では十九歳になった男の朱音が結びつかなくても当然だ。

「好きだ……って、この顔が?」

ほの暗い笑みを浮かべてつぶやき、自分の手で頬を叩いても、喉の奥に詰まったモヤモヤとしたものは停滞したままだ。

膝を胸元に引きつけて、小さく小さくうずくまり……「なんで?」と零す。

朱音の吐露したつぶやきに、答はない。

独りなのだと、これまでになく夜闇が重苦しく感じて、ただひたすら身を縮めて夜の終わりを待った。

《六》

重い足取りで従業員の控室に入ると、既に制服に袖を通していた西野が話しかけてきた。

「朱音くん、もう大丈夫？」

「え……？」

大丈夫？　の意味が咄嗟に理解できず、ドキリとする。

西野が、昨日の篠田とのやり取りを知っているわけがない。そう思いながら、返す言葉を探して視線を泳がせる。

「昨日の夕方シフト、具合が悪くて出られなかった……って？　人出が足りないからって連絡が来て、ピークの一時間だけ私が急遽《きゅうきょ》助っ人したんだ。朱音くんが病欠、それも事後連絡だったって聞いたから、本当に体調が悪かったんだろうなって心配してた。だいたい、働きすぎ。若いからって、無理しちゃダメだからね」

真剣に窘《たしな》められてコクンとうなずくと同時に、そっちのほうか……と胸を撫で下ろした。

本来のシフト外に、イレギュラーに出てこなければならなかったことを責めるのではなく、本気で心配してくれているのだと伝わってきて申し訳なさが増した。

「もう、平気です。迷惑かけて、すみません」

体調が悪かった、というのは半分事実で半分は嘘だ。本当に動けないほど身体も頭も重かったけれど、理由は精神的なダメージなのだから。

気まずさのあまり目を合わせられずにいる朱音に、西野は特大のため息をつく。

「これくらいは、迷惑じゃないの。君は、もう……。一人暮らしでしょ？　具合が悪くて寝込んでたり、なにか困ったことがあったら、連絡しておいでよ」

気遣ってくれる言葉に、無言で首を上下させた。

せっかくの好意だが、朱音はなにがあっても西野に助けを求めることはないだろう……と、言い出した西野のほうも、きっとわかっている。

意地っ張りで可愛くないと思われているかもしれないけれど、可能な限り一人で生きてきた朱音は誰かに頼る術など知らないし、一度そうして拠り所を見つけてしまったら際限なく依存してしまいそうで怖かった。

あたたかな手の存在を最初から知らなければ、失くした時に絶望したり渇望したりすることもないのだ。

「先に出てるから、ゆっくり準備しておいで」

朱音の背中を軽く叩いた西野は、控室から店舗へと出ていく。その背中に軽く頭を下げて、ロッカーを開けた。

言葉に甘えてゆっくりと制服に袖を通し、時計を見上げる。

篠田は、今朝もコンビニに立ち寄るだろうか。昨日、少し気まずい別れ方をしてしまったから、来ないかもしれない。

……来なければいい。今はまだ、篠田となにもなかったかのように接する自信がない。

いつもの倍近く時間をかけて控室を出ると、レジで対応をしている西野に目で合図をして店頭の掃除に出た。

歩道の端に落ちているタバコの吸い殻やお握りのパッケージを拾って、箒で細かなゴミを集める。通りかかったスーツ姿の男が塵取りの前に投げ捨てたガムのパッケージも、無言で掃き寄せた。

普段より時間をかけて丁寧に店舗前の歩道を清めると、掃除道具を手にして自動ドアをくぐった。

こうして身体を動かしているほうがいい。なにもせずにいると、余計なことばかり考えてしまう。

朝の来客ピーク時間が迫り、二台のレジを開けてフル回転で対応する。その波が去ると、乱れた棚の整理や、減っている商品の補充……と狭い店舗内を歩き回った。

「ちょっと、朱音くん。無理してるんじゃないでしょうね。動きすぎ」

そう西野に眉を顰められても、ぼんやり突っ立っているわけにはいかないだろう。

減っていたものを補充した中華まんのスチーマーの扉を閉めて、フライヤーの前で腕組みをしている西野に向き直った。

「働かないって怒られるならわかるけど、働いてるって怒られるのは変じゃないですか？」

「それ、屁理屈《へりくつ》って言うのよ。なんか、躍起になって動いてるみたいだけど……」

ドキリとした。女性の勘は鋭い。特に西野は、朱音と似た年齢の息子がいるそうなので、より鋭敏に感づくのかもしれない。

答に迷い、視線を泳がせて……歩道に面したガラスの向こう側に、近づいてくる長身の影があることに気づいた。

その人影を視界の端に捉えながら、自動ドアの前に立つより早く踵《きびす》を返す。

「おれっ、ドリンクの補充に行ってきます。レジ、お願いします」

「朱音くん、冷蔵庫に入らないほうが……もうっ」

西野が苦い声でつぶやくのは聞こえていたけれど、今の朱音にとってバックヤードに逃げ込むことのできる理由があるのは、ありがたかった。

篠田は、レジの内側にいた朱音の姿に気づいただろうか。朱音が立っていた位置と自動ドアのあいだに大きなスチーマーがあるし、自動ドアはまだ開いてもいなかったので目にしていなければいい。

こんなふうに逃げ隠れするのは意気地なしだとわかっていても、もう少し冷静になることのできる時間が欲しかった。

時間をかけてペットボトルや缶ジュースの補充をして、レジを任せた西野の傍に戻る。篠田の姿がないことは、冷蔵庫の奥からコッソリと確認ずみだ。

「補充、終わりました。のんびり作業をして、すみません」

「それはいいけど……朱音くん、あの人と個人的な知り合い？」

「あの人？」

「スイーツ王子！　今日は、朱音くんは？　って聞かれたんだけど……」

西野の言う、スイーツ王子。篠田……が、朱音について尋ねてきたと聞かされて、心臓が鼓動を跳ね上げる。

巧みに逃げたつもりだったのに、あちらは更に上手で、予想外の罠を仕掛けられていた気分だ。

「知り合い、っていうか……世間話くらいはしますが、そんなに親しいわけじゃないです」

「そっか。奥で作業してるから、用事があるなら伝言を預かりますけどって言ったら『いいです』って。残念そうだったよ。憂い顔もよかったけど！」

女子高生のように両手を握り込み、「やっぱり格好いいよね」と弾んだ声で続ける西野に、苦笑を滲ませる。

篠田は、朱音が逃げたことに気づいたのかもしれない。篠田にしてみれば、その理由は、自分の告げた『好き』のせいだと思っているはずだ。

いつまでも、不自然に逃げ続けるわけにはいかない。

けれど、自分がどうすればいいのか……どうしたいのか、朱音にはまだわからない。

幼い頃の慕わしさは、簡単に消せそうにない。昔よりずっとキレイな色と形のホットケーキは、不思議と不格好だった記憶の中のホットケーキと似た味で……鼻の奥がツンと痛くなるほど、懐かしかった。

あたたかな思い出の『しのちゃん』は、今でも大好きだ。

母親が失踪するのと時期を同じくして姿を消した『しのちゃん』は、慕わしかっただけに裏切られたようで、憎い。

一晩眠って、改めて思い起こした記憶はところどころ途切れ……あやふやで、それでも封印して薄れかけていた複雑な感情は、忘れてなどいなかったのだと突きつけられた。

あれから十年。

朱音との過去などなにも気づいていないらしく、「可愛い」とか「好きだ」と真っ直ぐに告げてきた現在の篠田のことは……？

やはり、「わからない」としか言えない。

篠田に対する感情は一つではなくて、どれが一番強いものなのかという見極めも困難だ。

過去と現在、愛憎がグチャグチャに入り交じって、容易に解けないほど絡みついてしまった。

「ちょうど裏に行ったばかりだったし、タイミングが悪かったよね。また来ますって言ってたから、次は相手してあげて」

朱音が故意に逃げたなどと、疑ってもいないらしい。そうして西野に笑いかけられると、罪悪感で胸がチクチクする。

「……はい」

なにも知らない西野には、うなずくしかできなくて。

強く手を握り締めた朱音は、足元に視線を落として大きく息を吐いた。

□　□　□

静かな深夜の館内に、二人分の靴の音が響く。

朱音の一歩前を歩く田端は、「ホントにさ」と前置きをして、これまでにも数回聞かされた言葉をまたしても繰り返した。

「昨夜、おまえが来なかったから大変だったよ。急に終夜シフトに入れる人間なんて、そういないし……日笠さんが来てくれたから助かったけどさぁ」

「すみませんでした」

ほぼ固定でペアを組んでいる田端にも悪かったが、無断欠勤した朱音の代わりに、日笠が終夜勤務に就いてくれたという。

多方面への申し訳なさに、謝るしかできない。

すると、懐中電灯の光が大きく動いて田端が振り向いた。

「俺に謝るより、日笠さんにしっかり詫びと礼を言っておけよ」

「はい」

田端は、まだ不満を吐き出しきっていないようで、館内を巡回しながらぶつぶつと朱音に小言をぶつける。

「日笠さんに、宮内だけに巡回させるな……とか言われたし。おまえ、バカ？　筆跡を変えるくらいの気を利かせろよ」

「……すみません」

いつもなら、控室でテレビの前に陣取っている田端が、こうして巡回に同行するなど……どんな風の吹き回しかと思ったら、日笠に釘を刺されたのか。

苦い顔と口調で、「田端をつけ上がらせるな」と嘆息した日笠を思い浮かべる。

きっと日笠は、朱音を気遣って進言してくれたのだと思う。

けれど、文句を聞かされながら館内巡回をするはめになるのなら、一人で回ったほうが精神的に楽だった。

　進言してくれたことへの感謝より、そんな思いが勝る自分は、とことん可愛げがない性格だろう。

「航空機展も、来週末で終わりかぁ。俺、この展示は嫌いじゃなかったんだけどなぁ」

　田端は、ホール状の展示室に置かれている大きな双発機模型をライトで照らしながら、そう口にする。

「………」

　朱音は無言で目を瞠り、心の中で「へぇ」とつぶやいた。

　彼がこんなことを言い出すとは、意外だった。

　展示について、感想等を口にしたことなどこれまでなかったのに……一応、気には留めていたのか。

「夢なんて語る歳じゃないけどさ、空を飛ぶっていうのはちょっと憧れるよな」

「そう……ですね」

　空を飛ぶことに、憧れる？

　朱音は、考えたこともなかった。日々の生活に必死で、自分の一歩先を見るので精いっぱいなのだ。

　立ち止まって空を見上げること自体、年に一度か二度で……飛ぶなんて、映画や小説など創作物の中のことのように自分からかけ離れている。

「おいおい、相変わらず覇気がねーなぁ。おまえ、若いんだろ？　いくつだったか？」

「十九……秋に、二十歳になります。……っ！」

答えた瞬間、ドンと背中を押されてよろめいた。咄嗟に近くにあったガラスの展示ケースに手をついて、みっともなく転ぶ事態を回避する。

しまった！　ケースに体重をかけてしまった。無事か？

朱音は自分の失態に焦って懐中電灯を向けたけれど、ケースも、その中にある金色の飛行機模型も、なにひとつ変わりがなくてホッと嘆息した。

金で創られた模型が収められているケースは当然ながら頑丈で、これくらいではビクともしないらしい。

慌てた朱音をよそに、田端は早口でしゃべり倒す。

「マジで若いじゃんか！　変に冷めてるから、見た目よりずっと歳を食っててんのかと思ってたら……なんだよ。それじゃガキだろ。もっとアホになれ！」

朱音は見るからによろよろしていると思うのに、田端は容赦なくバシバシと背中を叩いて追い討ちをかけてきた。

しかも、静かな館内に響き渡る大声で、よくわからないことを言いながら。

「な、なんです……それ」

アホになれという言葉の意味はいまいち把握できないが、田端が言わんとしていることはうっすらと伝わってきた。

感情の起伏も表情も乏しくて淡々としている朱音は、若いクセにつまらない人間だと……そのあたりだろう。

「いや、ホントに。俺らくらいになったら、許してもらえなくても……その歳だったら、ガキは仕方ねーなぁ……って大目に見てもらえることがあるんだよ。羨ましーぞ。あ、もちろん、犯罪がらみのケーサツ沙汰はダメだけどな」

予想もしていなかった正論を口にする田端は、そうか……篠田と同じ歳だったはずだ。

これまでは、彼がどんな人間なのか知ろうともしなかったけれど、朱音より人生経験を積んでいて当然だ。

「田端さん、実は大人だったんですね」

歩みを再開させながらポツリとつぶやいたのは、独り言のつもりだった。答など期待していなかったのに、田端は勢いよく振り返って朱音の頭を小突く。

「ああ？　実はって、なんだよ。……ここが撤収になったら、最後に飯にでも行くか。打ち上げ名目で、日笠さんに奢ってもらおう」

飯に行く？　日笠に奢ってもらう？

そうしよう、と勝手に決め込んだ田端を見上げて、そんな場に誘われたことのない朱音は戸惑いの声を上げる。

「あ……おれは」

「行かないとか、つまんねーこと言うなよ。おまえはもうちょっと、対人スキルを磨け。俺が鍛えてやる！」

またしても手荒に背中を叩かれて、ゴホ……と噎《む》せる。

慣れた夜の巡回なのに、田端と並んで歩くと、何故か一人で回っていた時より距離が短く感じる。

時間が経つのも早い気がして、不思議だった。


「お疲れ。夜遊びして帰れよ、若者」

「……しません。お疲れ様でした」

終夜シフトの警備スタッフと交代した朱音たちは、博物館前の路上で挨拶を交わして逆の方向へ向かう。

田端とこんなふうに手を振り合うなど、妙な感じだった。

ここでの仕事が始まって二ヵ月以上……二、三日に一度は顔を合せていたのに、終わる寸前になって打ち解けてしまった。

「これも、打ち解けたって言うのかな」

首を捻って疑問を零し、人けのほとんどない深夜の歩道を歩く。

そうしてぼんやりと考えながら歩いていたせいで、避けようと思っていた小さな公園の横を抜ける道に足を踏み入れてしまった。

習慣で、無意識に慣れた道に入りそうになったのだろう。

「あ……っと」

一言も約束をしていないのだから、篠田はいないはずだ。でも今は、篠田に繋がる場所を目にするだけで苦しい。

だから、曲がり角から一歩だけ踏み出していた足を戻して、進行方向を変更しようとしたのに……。

「朱音」

深夜の静かな空気を震わせる低い声に、ビクリと身体を硬直させた。

姿を見なくても、声で誰かわかる。なにより、朱音にそんなふうに呼びかけてくる人物など、たった一人しか心当たりがない。

どうしよう。どうしよう……逃げよう！

咄嗟に走りだそうとしたけれど、駆け寄ってきた篠田に腕を掴まれるほうが早かった。

「こら、逃げるな。公園、避けて通ろうとしただろ」

「なん、で？」

いつものベンチは、公園の真ん中あたりにある。あそこからこの位置を見ることなど、不可能なはずだ。

どうして、曲がり角のところに朱音がいると気づいたのか、謎だった。

大きく息をついた篠田は、

「ここで一番に言う言葉が、なんで？　かよ」

と零して、種明かしをする。

「ベンチじゃなくて、公園の外で待っていたんだ。朱音が通りかかるかどうか、賭けだったけど……俺の勝ちだな」

勝ったと、子供のように言いながら笑みを浮かべた篠田に、肩の力が抜ける。完全に負けたと、認めるしかない。

二の腕を掴んでいる手は、シャツの生地越しにでも冷たくなっているとわかった。

四月に入ったとはいえ、朝晩は冷え込む日がある。今日も、夜風がひんやりとしていて……篠田は、いつから公園脇の路上で立っていたのだろう。

朱音が通るかどうかもわからないのに、いつまで待つつもりだったのだろうか。

「朝のコンビニでも、避けたな。昨日、あんなこと言ったから……それより、不意打ちでキスなんかしたせいで俺が嫌になった？　避けないで、これまでどおりにしてほしいって言葉に、朱音もうなずいてくれたはずだけど……」

「嫌になったとかじゃなくて、おれが勝手にグルグルしてるだけで……」

篠田が嫌になったとは、思わない。

胸の内では複雑な思いが渦巻き、混乱したままで……それでも、「キライ」とは言い切れないのだ。

どうにも説明のしようがなくて、唇を引き結んで足元に視線を落とす。

「嫌じゃない、か？　こんなふうに……触られても？」

こんなふうに、と。

朱音の二の腕を掴んでいる手に、グッと力を込める。食い込む指の力は強く、痛みにまばたきをしたけれど、やはり嫌とは思わない。

「……嫌じゃない」

うつむいたままゆっくり首を横に振ると、篠田の指から力が抜けて腕を解放された。

勝手なもので、そんなふうに手を離されてしまったら、不安に似た物足りなさがどこからともなく込み上げてくる。

本当にもう、自分で自分が理解できない。

「公園のベンチ、キレイになってたよ。夜食につき合わないか？」

「ん……」

こうなれば、逃げ出す気力もない。篠田の誘いにうなずき、手首に絡んできた長い指に肩を震わせる。

ゆったりとした歩調で公園に入ると、塗り直されて艶やかな色になったベンチに並んで腰を下ろした。

「朱音に、感想を聞かせてもらいたいんだ」

そう言いながら、膝の上に見慣れた焦げ茶色の紙袋を乗せられる。朱音が手を出さずにいると、篠田が袋の口を開けた。

中から取り出したのは、どら焼き……ではない？

「可愛いだろ。二口サイズの、ミニホットケーキ。コストを考えると、ジャムやクリームを挟まないプレーンタイプのものしかできないんだけど」

はい、と差し出されて反射的に受け取った。

コンビニでもよく目にするどら焼きより、少し小さいサイズだ。

確かに、ホットケーキをギュッと縮めたようなもので……篠田が可愛いと言ったとおり、女性が好みそうな見た目だった。

「砂糖をメープルシュガーにしたから、プレーンでもそれなりに風味はあるはずなんだ。齧ってみてよ」

「いただき、ます」

促されるまま、半分に千切って口に入れる。砂糖の甘さとは少し違うこれが、メープルシュガーというものの風味なのだろうか。

朱音には歓迎できない甘さだけれど、ホットケーキと同じ食感と似通った味が舌に広がって抵抗なく嚥下した。

「どうだ」

「おれは、普通のがいい。食べられなくは、ないけど」

朱音の好みなど、大多数の人からすれば狭間の更に狭間だと思う。こんなに極端な少数意見など、無意味ではないだろうか。

そんな懸念を直接篠田に告げようとしたけれど、隣から「そっかぁ」と残念そうな声が聞こえてきて、口を噤んだ。

「朱音に美味しいって言ってもらえるのが一番だから、メープルシュガーは却下しよう。風味づけには、生地にバターを練り込むかな。練乳でもいいか」

「おれの意見なんか、役に立たないだろ」

「いいや、それなら試食なんてお願いしない。夜の短時間販売は、いつか独立する時のための資金稼ぎと修行を兼ねているんだ。今は先輩の店で世話になっているけど、やっぱり独立は夢だな。一つは、定番のシュークリーム……一つはチーズや香辛料を練り込んだ大人のパイ。最後の一つは、俺の思うまま好きな物とか冒険心を突っ込もうと決めている。今回は、朱音の『好き』を詰め込みたい」

そう口にした篠田が紙袋を指先で突くと、ガサリと小さな音を立てて揺れる。

朱音の好きを、詰め込む？　バカだ。万人受けするものを並べたほうが、絶対に販売数が伸びると思うのに。

「なんで、そんな無駄なことするんだよ。おれの好きなもの、なんて」

膝の上にある紙袋をジッと見据えたまま、小さく零す。

努力を無駄だなどと言われて、気分がいいはずがないのに、篠田はのんびりとした声で返してきた。

「んー……一番は、朱音に笑ってほしいから。一昨日、ホットケーキを食べて美味しいって笑ってくれたのが、本当に嬉しかった。店に来るお客も嬉しそうにケーキを選んでいくけど、こんなに胸に刺さったのは『みゃーちゃん』以来だな」

篠田の口から出た『みゃーちゃん』という言葉に、ドクドクと心臓が鼓動を速くする。

間違いなく、過去の邂逅《かいこう》に気づいていない。なのに、朱音に向かって『みゃーちゃん』の話題を持ち出す意図が読めない。

「その子……なに？」

「ちょっとだけ話しただろ。俺が、菓子職人を目指すきっかけになった子。今から思えばメチャクチャなホットケーキだったのに、幸せそうに……嬉しそうに美味しいって笑ったんだ。あんなふうに誰かを笑顔にする職業は、菓子職人だろって、若かった俺は短絡的に進路を変更した。政治経済を専攻していた大学を辞めて、専門学校に入り直して……おかげで、キレた親父とは絶交状態だ。未だに、大学進学にかかった学費の返還を続けているけど……あの感じだと、まだ俺を許してないだろうなぁ」

驚いて、思わず顔を上げた。

薄暗い街灯が照らす篠田の横顔は、清々とした笑みを浮かべている。

「我ながら、本当に単純だと思うけどね。バカだろ？」

「……バカ、かも」

うん、と。

同意して首を上下させた朱音に、篠田は自分が言い出したくせにガックリと肩を落とす。

「おいおい、そこは夢を追いかける熱い男だって、感動するポイントじゃないのか？」

「だって、そんな子供がきっかけで……人生、変えるみたいなことして」

大学を辞めて専門学校に入り直し……絶交された親に、学費の返還をしている。

篠田は軽く語ったけれど、口で言うほど簡単だったとは思わない。葛藤も、ゼロではなかったはずだ。

きっかけが、『みゃーちゃん』だった？

「変えたことを後悔していないし、悪い進路転換だと一度も思ったことはないから、俺としては『みゃーちゃん』に感謝してる。あれから十年……か。今、どうしてるかな」

でも、そんな存在を『みゃーちゃん』の母親と一緒に捨てたのではないか？

どうして、屈託なく笑いながら『みゃーちゃん』の話ができるのだろう。

……篠田が怖い。

得体のしれない気持ち悪さを抱えた朱音は、恐る恐る聞き返した。

「気になる……？」

朱音の言葉の裏など、読もうともしないのだろう。篠田は、あっさり「うん」とうなずいて言葉を続ける。

「あの頃は、幸せそうに見えなかったからなぁ。俺もガキで、なんの力もなかったからホットケーキを食わせてあげるくらいしかできなかったけど……あの子を残してアパートを出た日のことを、今でも時々夢に見る」

ますます、篠田のことがわからなくなってきた。

今でも『みゃーちゃん』が引っかかっているのは、罪悪感が原因ではないだろうか。

あの時にアパートに置き去りにしたのは、邪魔だったからで……時が過ぎてから可哀想がるのは、勝手な感傷だろう。

どれほど優しそうに言っても、捨てて行ったくせに。

朱音を見捨て、夢を追いかけるのに足手まといになった母親のことも捨てたのだろうか。子供を切り捨ててまで追いかけた男に、今度は自分が捨てられて、あの母親はどんな惨めな姿を曝したのだろう……と、唇の端に微笑を滲ませる。

こんな自分が、嫌でたまらない。ドロドロとしたほの暗い感情が喉の奥に詰まり、息ができなくなりそうだ。

「朱音？　黙り込んで、どうした？」

名前を呼びながらそっと髪に触れられて、ビクッと顔を上げた。朱音を覗き込むように背を屈めていた篠田と、至近距離で視線が絡む。

その目には嘘など一つもなさそうで、真っ直ぐな眼差しだ。ただ、朱音を気遣う色だけが浮かんでいる。

この人のどこに、あれほどの冷酷さが潜んでいるのか……探ろうとして、断念した。

目を合わせていると、苦しさばかりが募る。

好きで、嫌いで、慕わしくて……憎くて。

思い出の『しのちゃん』と、現在の篠田がグルグルと頭の中を巡り、朱音を混乱の渦に巻き込む。

「そんな、顔……するなよ」

「そん……っ？」

聞き返そうとした言葉が、篠田の唇に遮《さえぎ》られた。

髪に触れている手は優しく、強引に頭を引き寄せられているわけではない。逃げようとすれば容易に逃れられるはずなのに……動けない。

耳の奥で、激しい動悸が響いている。ドキドキ……うるさくて、顔だけでなく全身が熱くなってくる。

「ふ……っ」

息苦しさに限界がきて、身動ぎしたところで篠田の手が離れていった。

朱音の頭を片手で胸元に抱き込み、自嘲を含む苦い声でポツポツと口にする。

「ごめん……とりあえず友達でいいとか言っておきながら、思わず手が出た。こんなだから、避けられるんだよなぁ」

頭を抱き込む手はやんわりとした力なのに、身を離すことができない。

この体勢だったら、きっと真っ赤になっている顔を見られずにすむから……と自分に言い訳をして、篠田の胸元に額を押しつけた。

自分がどうしたいのか、なにを考えているのかわからない。

「朱音？　逃げないのか？　俺、調子に乗るぞ」

ポンポンと後頭部を軽く叩きながら、冗談めかした声で「逃げないともっと触られるぞ」と続ける。

それでも朱音が動かずにいると、両手で頭を掴まれて仰向けさせられた。

「おい、俺は忠告したからな」

「………」

唇を引き結んで、篠田と視線を絡ませる。

離れたほうがいいと頭では思うのに、動けない。

篠田に対して、どんな感情を一番強く感じているのか……わからない。息ができなくなりそうなほど、苦しい。

食い入るような、真剣な目で朱音を見下ろしていた篠田は、「バカ」と一言だけ低く零して端整な顔を寄せてきた。

「ン……」

違う。これまでの、やんわりと触れ合わせるだけの優しい口づけではない。

濡れた舌が唇の合間から潜り込んできて、ビクッと身体を強張らせた。当然、篠田もわかっているはずなのに……離れていかない。

「あ、ッ……んっ」

舌の表面をそっと撫で、ゆるく吸いつかれる。上顎の粘膜を舌先でくすぐられると、堪えようもなく肩を震わせた。

なに？　こんなの、知らない。

熱い。絡め取られた舌も、顔も、握り締めた手も……。

心臓が、激しい鼓動とともに胸の内側でどんどん膨れ上がり、破裂してしまうのではないかと怖くなる。

「ゃ……ッ！」

もう限界だ、と。声にならない声で訴えて篠田の腕を叩くと、ようやく塞がれていた唇が解放された。

「ふ……っ、ぅ……」

「悪い。ちょっと、なんか……スイッチが入りそうだった。ヤバいなぁ」

篠田が、ふー……と大きく息をつく。震える朱音の身体を両腕の中に抱き込むと、そっと背中を撫でてくる。

つい先ほどまでの、吐息まで奪われそうな灼熱の口づけが嘘のように穏やかで優しい仕草に、朱音はとろりとした心地で身を預けた。

甘やかそうとする篠田に、抗うことなく流されているという自覚はある。

抱き寄せられた腕の中は心地よくて、離れられない。

「えーと、好きだって告白の答だと思っていいのか？」

頭のすぐ傍で聞こえたそんな篠田の声に、ふわふわした心地に身を置いていた朱音はハッと瞼を開いた。

「あ……の、おれ、まだよくわかんない……かも」

自分でも、あんまりだと思う一言だ。

それなら、どうして抗わなかったのだと篠田に責められても仕方がない曖昧な態度で、自己嫌悪に顔を顰める。

身を固くして篠田の反応を窺っていると、背中の真ん中をポンと叩かれた。

「あー……まぁ、トゲトゲのハリネズミみたいに警戒されるよりはいいと思おう。でも、覚悟しろよ。時間をかけて、じっくり俺に慣らしてやる。大人のテクで、ハッと気づいたらメロメロになってるからな」

緊張を一気に突き崩す、のんびりとした響きの言葉だ。ホッと肩の力を抜いた朱音は、かろうじて一言だけ言い返した。

「な、ならない」

「そいつはどうかなぁ」

クスクス笑った篠田は、朱音を抱き寄せていた腕を離して、腰かけていたベンチから立ち上がる。

両腕を頭上に伸ばして、

「帰るかな。うっかりこんなところで押し倒さないように、さ」

茶化した調子で言いながら、ベンチに座り込んだままの朱音を振り返る。目が合う寸前に、膝に視線を落として逃げた。

「そんなのしたら、警察のお世話になる」

「ああ……公然猥褻？　メチャクチャに恥ずかしい罪状だな」

冗談っぽく笑うと、朱音の目の前に右手を差し出してきた。無視して自力で立ち上がろうとしたのに、肘あたりを掴まれて力強く引っ張り上げられる。

「和成さんっ」

抗議の声を上げた朱音に、クスリと笑って背中を屈めると、素早く唇を触れ合わせる。逃げる間もない早業だ。

「ッ！　帰る……っ」

手の甲で唇を拭い、小走りで公園を駆け出す朱音の背中を、「転ぶなよ」という篠田の声が追いかけてきた。

心の中で、転ぶもんかと反論して暗い夜道を走る。

「あ、これ……」

焦げ茶色の紙袋をしっかりと握っていることに気づいたのは、古びたアパートの階段に足をかけたところで、あの状況でちゃっかり持ち帰った自分に呆れる。

「なんだよ、もう」

篠田がなにを考えているのか不明だと思っていたけれど、それよりもっと自分のほうが不可解だ。

簡単に逃げられたはずの、篠田の口づけを甘受した。

十年前のことを思い起こせば憎いと感じるのに、キスも、触れてくる手も優しくて、記憶との矛盾に混乱する。

好きだと告げてくる篠田に、「おれも」と返してしまいそうになる。

朱音がそう答えれば、きっと篠田は嬉しそうに笑って抱き締めてくれるだろう。でも、また捨てて行かれたら……？

「ッ……」

自分の思考に、ブルリと肩を震わせて唇を噛んだ。

突如、足元に大きな穴が口を開けて、底のない真っ暗な闇に延々と落ちていくような恐怖に包まれる。

ポツンと取り残されることを想像しただけで、立っていられなくなりそうだった。

まだ、もう少し……考えたい。篠田との関係に、自分はなにを望んでいるのか。

けれど、考えて、どうする？

過去は過去だと、昔のことなど忘れようとキレイさっぱり水に流せるほど、単純な感情ではない。

慕わしさと、恋しさと、憎しみと……恨み。

グチャグチャに絡みついた糸を、どこから解けばいいのかその端緒さえ見えない。

それならば、篠田から遠く離れてしまえば楽になれるのかといえば……それも正解だとは思えなかった。

傍にいたい。本当は、あの背中に手を回したい。

でも、今はそうしてはいけない。

「おれ、結局どうしたいんだろ」

自問したところで、自分がどうしたいのか読み解くことは簡単にできそうになくて、ひとまず頭から追い払う。

こうして逃げて、結論を先送りにしても無意味だとわかっているけれど……。

拳を握った朱音は、重く感じる足を動かしてのろのろとアパートの階段を上がりながら、濃密な口づけの余韻が残る唇を手の甲でゴシゴシ擦った。

《七》

「こいつらも、これで見納めか」

大きな双発機の模型を眺めて、田端がつぶやいた。

隣に立つ朱音も、

「そうですね。ちょっと、淋しいかも……」

と同意して、周囲を見回す。

撤収作業に取りかかるため、最終日の一般開放はこれまでより二時間短縮された。最後なので閉館時間に合わせて出向いてきたけれど、展示物の移動や梱包は美術品搬送の専門業者が行うので朱音たちの出番はもうない。

普段は深夜のぼんやりとした非常灯の中で目にする展示物を、こうして煌々《こうこう》とした明かりの下で見るのはなんだか新鮮だった。

撤収作業の邪魔にならないよう、田端と一緒に壁際に立って見ていると、朱音たちに気づいた日笠が歩み寄ってくる。

「派遣……宮内は、もう帰っていいぞ。トラックへの積み込み警備と、館内の最終点検は俺らがやるから。あ、田端はまだ帰るなよ」

帰っていいと言われた朱音の隣で、田端は「あー……仕方ないなぁ」と、面倒だと感じていることを隠そうともせずぼやいた。

「日笠さん、明日でもいいから打ち上げしましょーよ。もちろん、日笠さんの奢りで！　宮内も誘ってるんです」

どうやら先日の思いつきのような台詞は、本気だったらしい。奢れと遠慮なく迫る田端に、日笠は苦笑している。

「撤収の立ち会い、夜中までかかるぞ。余力があればな。つーか、俺の給料はおまえと変わらん。遠慮しろよ」

力強く肩を叩かれた田端は、悪びれる様子もなく笑って答える。

「えー、俺よりはいい給料でしょ。奢りで飲めるなら、余力を残しておきます。宮内、明日連絡する」

「……はい。じゃあ、おれはこれで……失礼します」

本当に連絡が来るかどうかはわからなかったけれど、一緒にテーブルを囲んでも楽しそうだと思えないはずの自分を、頭数に入れてくれるだけでもありがたい。

そう思い、かすかな笑みを浮かべて二人に頭を下げた。

これまでは、どこに派遣されても個人的な打ち上げ等に誘われることなどなかったし、たとえ誘われても参加を見合わせていた。それが、田端と日笠なら……と前向きに考えることのできる自分が、なんだか新鮮だった。

警備員室で私服に着替え、支給されていた制服をクリーニング袋に入れて指定場所に置く。悪用を避けるため、警備服の持ち出しは厳禁だ。

次は、どこに派遣されるのか……また、人材派遣会社からの連絡待ちになる。自転車も所有していない朱音は、今回のような徒歩圏内だったらいいなぁと、ささやかな希望を心の中で唱えた。

忙しそうに大勢の人が行き交う博物館を出て、これからどうするか迷う。

いつもなら、終夜勤務以外の日は公園に立ち寄ってアパートに戻るが、まだ二十二時前だ。篠田は、終電間際までシュークリームやパイを販売しているという駅前にいるだろう。

警備会社から支給された弁当で夕食を済ませているので、コンビニに立ち寄る必要もないし……いきなり自由な時間ができてしまうと、なにをすればいいのか持て余す。

「ちょっとだけ、覗いてみようかな」

そんな好奇心に背中を押されて、滅多に利用しない駅に足を向けた。

少し離れたところから、コッソリ窺うだけだ。顔を出したり、篠田に声をかけたりするつもりはない。

十分もかからず駅に辿り着き、小さな店舗が見える位置で足を止めた。

黒いエプロンを身に着けた篠田が、ガラスケース越しに女性客と話している。その人が立ち去ると、間髪入れずにまた若い女性がガラスケースを覗き込む。

駅を出入りする人がさほど多くない時間だと思うけれど、閑古鳥《かんこどり》が鳴くという状態とは無縁のようだ。

「人気だな。……女の人ばっかりだけど」

販売している商品を考えれば、客の大半が女性であることは不思議ではない。でも、彼女たちの目的はシュークリームやパイだけではないはずだ。

西野が言うように、『王子様』然とした篠田と会話を交わすことも、きっと楽しみの一つになっている。

篠田は、引っ切りなしに声をかけられても面倒そうな顔をすることなく、朱音に笑いかけるのと変わらない優しい笑みで女性たちと話している。

相手は客なのだから当然なのに、どう形容すればいいのかわからないもやもやした不快感が湧いてきて、そんな自分に戸惑った。

「なんだろ、これ。和成さん、モテて当然だし……お客さん相手に、笑って話すのも当たり前だろ」

篠田の優しさを独占したいなどと、おこがましいことを考えているのだろうか。

好きだと言ってくれる彼に、曖昧な態度で答を濁して逃げ回っているくせに、図々しいことこの上ない。

今度は自分に対する嫌悪が込み上げてきて、篠田を覗き見るのが息苦しくなってきた。

こんなふうに変な気分になるのなら、わざわざ駅まで来てコッソリ様子を窺おうなどと考えなければよかった。

視線を地面に落として奥歯を噛み、回れ右をしようとしたところで篠田の声が耳に入る。

「……かね！」

朱音、と。

確かに名前を呼ばれた。どうやら、見つかってしまったらしい。

聞こえなかったふりをして、この場を離れよう……と足を動かした直後、背後から肩を掴まれて身体を捻る。

ふわりと、甘い焼き菓子の香りが鼻先をくすぐり……目の前に立つ篠田の姿に、目を瞠った。

「な……んで、追いかけてきてるんだよ。店、放っておいて大丈夫？」

「あまり大丈夫じゃない。けど、朱音が見えたら勝手に身体が動いてた。今日は、もう上がり？　もしかして、俺に逢いに来てくれた？」

嬉しそうに話しかけられて、曖昧に首を上下に動かす。すると、篠田はますます笑みを深くした。

失敗した。駅に用があって通りかかっただけだと言えばよかった。

篠田に逢うことが目的ではない。ただ、少しだけ覗いてみたくて……その理由など、朱音にもわからない。

「せっかくだから、一緒に帰りたいところだけど……もうちょっと時間がかかるかな。よければ、お手伝いしてくれる？」

そう言いながら篠田の背後にある店舗を指差されて、ヒクッと頬を引き攣らせた。

あの、目の前に焼き菓子が積み上げられた狭い空間に入る？

想像するだけで、胃が気持ち悪くなる。こうして篠田と向き合っているだけで、既に空気が甘ったるいのだ。

不思議と、篠田が不快だとか……突き放そうとは、思わないが。

「……やめておく。おれ、絶対に変な顔をするから……客が寄りつかない」

どんなに気をつけても、甘い匂いに包まれて愛想笑いをしていられる自信はない。

嫌な顔をした販売員が店頭に立っていると、足を止める気にもなれないはずだ。手伝いではなく、営業妨害にしかならないと思う。

それ以上説明するまでもなく、店舗内に入った朱音がどう『変な顔』になるのか予想がついたのだろう。

篠田は苦笑して、「そっか」とうなずく。

「うーん……朱音がここまで来てくれたんだから、すんなり帰したくないな。そうだ、これ……マンションの鍵。ちょっと早めに、あと一時間くらいで店仕舞いするから、中に入って待っててて。テレビとか、好きに点けていいし寝てても構わないよ。エントランスのロックを解く暗証番号は……」

朱音が口を挟む隙もなくそう言いながら左手を取られ、上向きにして開かせた手のひらに指で数字を書く。

あまり強引さに、反論はおろか首を横に振る間もない。

「わかった？　っと、お客さんだ。じゃあ、後でまた」

「ちょ……と、和成さんっ！　って……不用心すぎるだろ」

大股で店舗に戻る篠田の背中を見送りながら、茫然としてつぶやいた。左手のひらには、篠田が指先で書いた数字の余韻が漂っている。右手には、有無を言わさず握らされた革のキーケースがあって、困惑が膨れ上がった。

こんなふうに躊躇いもなく自宅の鍵を渡したり、エントランスの暗証番号を教えたりするなんて、信じられない。

とてつもない無防備さに、頭がクラクラする。

その場で立ち尽くしたまま動けずにいると、前から歩いてきた人の大きなバッグが朱音の肩にぶつかった。

「突っ立ってんなよ」

低い舌打ちとともに忌々《いまいま》しげに吐き捨てられ、大勢の人が行き交う駅前でぼんやりする自分が通行の邪魔になっていることを悟る。

慌てて足を動かして、歩道の端に寄った。チラリと目を向けた先にいる篠田は、ガラスケースの前に立つ中年の男性と話している。

家族へのお土産だろうか。女性客だけではないなんて……当然か。

「どう……しよ」

キーケースを握り締めたまま、途方に暮れる。

エントランスの暗証番号を教えられただけなら、素知らぬ顔をして自宅に帰ることもできるが、鍵を預けられてしまってはそういうわけにいかない。

篠田はそこまで計算して、朱音に自宅の鍵を握らせたのかもしれない。

いつまでも道端にぼんやりと立っているわけにもいかず、のろのろと足を動かして駅に背を向けた。

迷いを残しながら線路沿いの道を歩き、ひょろりと背の高いマンションが見えてきたところで歩を緩ませた。

ゴミ一つ落ちていないエントランスを入り、ガラス扉の脇にある暗証番号を入力するための機械に指を伸ばして……引っ込める。

「やっぱり、ダメだ。勝手に入れるわけ、ない」

篠田はある程度親しい人に、皆にこんなふうに鍵を預けたり暗証番号を教えたりしているのだろうか。

朱音は自宅を行き来するようなつき合いの相手がいないので、これが普通なのかどうかもわからない。

でも、家主のいない部屋に入り……どうすればいい？

篠田が言っていたようにテレビなど見られるわけがないし、靴を履いたまま玄関先に座り込み、篠田の帰宅を待ち構えるので精いっぱいだ。

「だったら、ここで待っても……同じだ」

独り言にうなずいて、踵を返した。エントランスを出て、レンガ造りの短い階段の端に腰を下ろす。

前髪を揺らす夜風は、すっかり春の匂いがする。こうして屋外に座り込んでいても、肌寒さは感じない。

「……これも、不審人物かな」

駅が近いのに、目の前の歩道を通る人は多くない。マンションの住人も少なそうなので、エントランスを出入りする人の姿もないのが幸いだ。

早めに、一時間くらいで店仕舞いすると言っていたけれど……早く帰ってこい、と革のキーケースを握った手で膝を抱える。

人を待つのは、好きではない。どんなに待っても、帰ってこなかった人がいるから。

でも、篠田は……。

「そういえば、いつもおれより先にいた？」

よく考えれば、深夜の公園で朱音が篠田を待ったことは、ベンチにペンキが塗られていた日のたった一度だけだ。朝のコンビニで、「夜にね」と話した日は、必ず篠田が先にベンチに座っていた。

強引に約束を取りつけられて駅前で待ち合わせした時も、やっぱり篠田が先に立っていて朱音に手を振ったのだ。

初めてそんなことに気づいて、胸の奥がギュッと締めつけられたように苦しくなる。

別れ際も、ほとんど篠田が朱音の背中を見送っていた。朱音が取り残されたことなど、一度か……二度あるかどうかだろう。

篠田には、待つことが嫌いだなどと言ったことはないのに。まるで、待つのも置いていかれるのも嫌いなのだと、知っているみたいだ。

「な……んで、和成さんなんだろ」

これまでの人生で、朱音が深く関わった人間は多くない。そのうちの二人が、同一人物だなんて……神様のイタズラにしては度がすぎている。

いっそ、言ってしまおうか。

篠田に、自分が『みゃーちゃん』だと……。十年前にどうして捨てたのだと、なにもかもぶつけてしまったら、どんな反応をする？

母親と二人でアパートに住んでいた時も、保護施設に移ってからも……一人暮らしを始めてからも。

できる限り周囲との摩擦を生じさせないよう、自己を押し殺して生きてきた。受け入れられないことがわかっているのだから我を通すことには意味などないし、ひっそりと目立たずにいれば攻撃の矛先を向けられることもない。

自己主張や討論など、無縁で……。

そうして逃げ隠れするばかりで、誰かと深い関係を築いたことのない朱音は、現状を変える術を知らない。

でも、初めて『このまま』ではいけないと、自分から動かなければならないのではと、前に進むための方法を模索する。

今の、こんなにも複雑な思いを抱えたままでは、篠田の傍にいられない。

「っ……」

そこまで考えたところで、ハッとした朱音は声もなく小さな笑いを漏らした。

これまでの自分を変えてでも、篠田の傍にいようとしているのだと……目の前に突きつけられたみたいだった、

「……そんなに、和成さんといたいのか」

抱えた膝に額をつけて、ポツリと零す。

朱音が『みゃーちゃん』だと知ったら、篠田はどんな顔をするだろう。母親のこともあるから、今度は篠田が朱音との関わりを断ちたがるかもしれない。

知らせなかったら……朱音が過去を自分の中に抱えてさえいれば、「好きだよ朱音」と、優しい腕の中に抱き寄せてくれる？

現状を変えるのは、本当にいいことだろうか？

「うー……また、わかんなくなった」

今を変えようかと前向きになった矢先に、踏み出しかけていた足を引いてしまった。

これほどまでに一人の人間について考えたことなどないので、頭の中が篠田でいっぱいになって今にも溢れ出しそうだ。

抱えた膝に顔を伏せてうずくまり、取り留めなく思考の海に漂っていると、

「……朱音っ？　なんで、こんなところに座ってるんだよ！」

頭上から落ちてきた篠田の声に、一瞬で現実へと引き戻された。

腕を掴まれて、ゆっくりと顔を上げる。マンションの外灯とエントランスから漏れ出る灯りが、篠田の姿を明確に照らしていた。

「中に入ってろって言っただろう」

「……勝手に入れないし、ここでも寒くないから」

「俺が、入ってってくれってお願いしたんだ。なんで、そんな……っ、もういい。勝手じゃないなら、いいんだろ」

険しい表情で見下ろしながら、憤りを押し殺したような声でそう口にした篠田は、朱音の腕を引いて立ち上がらせる。

掴む場所を二の腕から手首に変えて、大股でエントランスに向かった。

どうして、篠田がそんなに怒っているのかわからない。

手を離せと苦情をぶつけられる空気ではなく、朱音は引きずられるようにエレベーターに乗り込む。

上昇するあいだも篠田は無言だ。七階に着いたエレベーターから手首を掴まれたまま連れ出されて、廊下の突き当たりの部屋の前に立った。

「あの、鍵……」

朱音が右手に握っていたままだったキーケースを差し出すと、篠田はようやく朱音の手を離して鍵を受け取り、ロックを開錠する。

逃げられることを恐れているかのように、肩を抱き込むような体勢で素早く玄関に誘導された。

扉が閉まり、オートロックのかかる音がやけに大きく聞こえる……。

「和成、さん」

玄関先に立ったまま、言葉もなく両手で背中を抱き寄せられて、戸惑いの滲む声で篠田の名前を呼んだ。

なに？　ついさっきまで怒っていたと思うのに……どうして、こんなふうに朱音を抱き締めているのだろう。

「朱音みたいに危なっかしいやつは、初めてだ」

頭のすぐ傍で、低く感情を押し殺したような声が聞こえる。

かすかに肩を揺らした朱音は、小声で返した。

「……ごめんなさい」

「謝らせたいわけじゃない。なんで、もっと甘えてくれないのか……もどかしいんだよ。俺に頼って、寄りかかって……甘えてほしい」

そんなことを言われても、朱音は誰かに甘える術など知らない。伸ばした手を取ってくれる人なんて、これまでいなかったのだ。

息苦しいほど強く抱き締められていると、足元がふわふわして……頼りない気分になる。篠田の背中に手を回して縋りついてしまいそうで、怖い。

「和成さ、ん。苦しい……」

だから、がっしりとした厚い肩を叩いて離してくれと訴えた。

今ここで、篠田の背中を抱き返してはいけないと、頭の中で警鐘が鳴り響いている。

「悪い。力、強かったか」

朱音を抱き締めていた腕から力が抜けたけれど、まだ解放してくれない。包み込むようにやんわりと、両腕で囲まれている。

「なぁ……俺、本当に朱音が好きなんだよ。今まで、こんなに誰かを大事にしたいと思ったことはないってくらい……自分でも不思議だな」

静かに語る声に、心臓が猛スピードで脈打ち始める。

朱音こそ、これほど大切そうに抱き締められたり『好き』という感情を向けられたりしたのは初めてだ。

胸の内側が、かすかな痛みを伴った甘いものでいっぱいになる。

「朱音も、俺が嫌じゃないよな？　こんなふうに抱いても、キスも……逃げないし。でも、どうして好きだって言ってくれない？」

子供を宥めているかのようにゆっくりと背中を撫でられて、篠田の肩口に頭を押しつけたまま唇を震わせる。

好きだ、と……喉元まで込み上げくる。

もう、とっくに認めている。朱音こそ、篠田のことが特別で……今から思えば、ずいぶんと早い時期から好きだった。

胸の内側いっぱいに膨れ上がった想いを抱え込みきれなくて、今にも溢れそうだ。

「和成さん、おれ……おれ、は」

篠田の両腕を掴み、顔を上げる。

至近距離で視線が絡み、なにをどう言葉にすればいいのか迷って……開きかけていた唇を引き結んだ。

「やっぱり、言ってくれないんだな。なのに、そんな目で俺を見るのか」

ほんの少し眉根を寄せ、どこかが痛いような複雑な表情で唇に苦笑を浮かべた篠田は、朱音の目尻を親指の腹でキュッと擦る。

反射的に瞼を伏せたと同時に、唇にやわらかな感触が押しつけられた。

ズルい、と。

篠田が言葉にはしなかった思いは、痛いほど伝わってきた。

自分の想いは告げないくせに、優しさだけ受け取るのは卑怯だと朱音もわかっている。

こんなふうに触れてくる篠田から逃げずにいるのは、彼が本当に欲しいものはあげないくせに、欠片のような小さな飴を与えて引き留めようとしているみたいだと……。

そう思い浮かんだ直後、唇を離した篠田が苦い声で零した。

「くそ、タチの悪い女に嵌り込んだ気分だな。朱音が計算してないってわかるだけに、ますます始末に負えんっていうか……」

ドクン、と。これまでとは違う種類の動悸が、耳の奥で響く。

タチの悪い女。

それは、アパートの人たちが朱音の母親について語っていた時の言葉そのもので、否応なくあの母の血が自分にも流れているのだと突きつけられる。

篠田は、十年前……そして今も、まるで呪いのように、朱音たち母子に振り回されているのではないだろうか。

「朱音？　変な言い方をして悪かったよ。無神経な言葉でごめん。魅惑的な小悪魔だって、言い直す」

自分がどんな顔をしているのかわからないが、きっと頬が強張っているのだろう。篠田の手が、そっと頬を包んでぬくもりを伝えてくる。

朱音のための優しいフォローに、鼻の奥がツンと痛くなってきた。

「いい……たぶん、ハズレじゃない」

「え？」

やっぱり、ダメだ。こんな人間、篠田の隣には相応しくない。

なにも知らないまま、朱音とは縁を切ったほうが、きっと篠田のためだ。なんとかして傍にいようなど、過ぎた望みだった。

自分のように、愛憎が入り乱れた屈折した想いを向けるのではなく、純粋に篠田を慕う素直で優しい女性が、きっとどこかにいる。

この手は、そんな人を抱き締めるべきだ。

「和成さん、おれ……やっぱり無理。男とどうこうなんて、あり得ないし……いつも甘い匂いがするのも、気持ち悪い。もう、あの公園にはいかない。もしコンビニで見かけたりしても、個人的に声をかけないで」

「なに、いきなり……朱音？　俺の目を見て、もう一回言えよ」

強い力で肩を掴まれて、強引に視線を合わされる。

篠田は、これまで見たことのない鋭い目で朱音を睨み下ろしていた。湧き上がる憤りを、なんとか抑え込んでいるのがわかる。

怒れ。もっと……怒りに支配されて、朱音のことなど跡形も残らないくらいに斬り捨ててしまえばいい。

「朱音、俺が嫌いか」

低く、短い一言が鼓膜を震わせる。

容赦なく肩に食い込む篠田の指が、痛い。

言え。嫌いだと、男相手になにを必死になっているのだと嘲笑ってやれ。そうすれば、もう二度と朱音になど構おうと思わないはずだ。

早く、早く、早く……。

「き……っ、離せって！」

嫌いだと吐き捨てようとしたのに、喉の奥に引っかかって言葉にならなかった。

肩を掴んでいた篠田の手を振り払い、ドアノブを掴む。何度かガチガチと硬い手応えに阻まれたけれど、ようやくロックを解除して廊下に飛び出した。

幸い、先ほど使ったエレベーターはまだ七階に留まっていた。そこに飛び乗り、『1』を押して……しゃがみ込む。

「ッ……く」

震える奥歯を強く噛み締めて、両手を握った。

篠田は、朱音の言葉に驚いた顔をしていた。もっと怒ればいいのに、戸惑いと不安に似た色を瞳に浮かべて、朱音を見ていた。

怒らせるつもりだったのに、ただ、傷つけた……。

「サイテーだろ、おれ……」

結局、自分勝手に篠田を振り回しただけだ。

こんな屈折した人間などさっさと記憶から消し去って、もっと素直で可愛い人と恋をすればいい。

エレベーターから出て、エントランスを速足で通り抜け……道路に立つ。

腹を立てているのか、呆れたのか、篠田は追いかけてくる気配さえない。

……それでいい。

「イタ……絶対、痕が残ってる」

今更ながら、強く篠田に掴まれていた肩が痛みを訴えて顔を顰めた。

肌に、篠田の指に与えられた痣が刻まれているのなら……ずっと消えなければいいのに。

そんな女々しいことを考える自分に頬を歪ませて、人通りのほとんどなくなった深夜の道を歩いた。

《八》

うつむいて、とぼとぼ夜の街を歩く。

そうして自分の足元ばかりを見ていたせいで、アパート前の路上に立つ人影に気づくのが遅れた。

「宮内くん?」

「は……い?」

聞き覚えのない男の声に名前を呼ばれた朱音は、足を止めて顔を上げた。

スーツ姿のがっしりとした体格の男が二人、朱音の進路を塞ぐように立っている。一人は五十代、もう一人は三十歳前後だ。

若い男が、手に持っていた白い紙を畳んで上着のポケットに仕舞った。

暗いのでハッキリとは見えなかったけれど、特徴的な罫線が描かれた紙は履歴書だったかもしれない。

「宮内、朱音くんだね」

「そうですけど……」

どちらにも見覚えがない。けれどフルネームを呼んだということは、朱音だと認識したうえで声をかけてきたということで……ここで、帰宅を待っていたのだろうか？

怪訝な声で「なんですか？」と尋ねた朱音は、全身に警戒を纏っているはずだ。

顔を見合わせた二人の男が、それぞれスーツの内ポケットから黒い手帳を取り出した。チラリと視線を向けた朱音は、ほんの少し眉を顰める。

縦に開かれたソレが、警察手帳であることは世間知らずな朱音にもわかる。二人とも、刑事というやつか。

「西署《にし》のものです。少し、話を聞かせてもらいたいんだが。一緒に来てもらえないか」

「強制じゃなく、お願いだから……今日は夜も遅いし、疲れているようなら明日の朝にまた出直すよ」

まず年かさの刑事が口を開き、若いほうが言葉を継いだ。

口調はやんわりとしているけれど、どちらも眼光は鋭い。強制じゃないと言いつつ、強要されているようにしか感じない。

朱音が渋れば朝に出直すと言っても、朝まで……そこの路上に停められている車の中で、待機する気だろう。

朝っぱらからこの人たちに訪ねて来られると思えば、気になって眠れそうにない。

「平気です。ご一緒します」

「申し訳ない。じゃあ、こちらに」

思ったとおり、路上駐車されていた車に促される。警察に世話になるようなことをした覚えは一つもないけれど、まるで犯罪者になった気分だ。

得体が知れない気味悪さを感じながら、開かれたドアから車に乗る。後部座席に腰を下ろし、隣に乗り込んできた若い刑事に尋ねた。

「なんの話ですか？」

「うん……後で、落ち着いて話ができるところでね」

答えをはぐらかされて、奇妙な不安が込み上げてくる。

まるでというより、本当に犯罪者扱いではないだろうか。それとも、コンビニでなにかあったのか？

本部から定期的に送られてくる注意喚起のＦＡＸを思い浮かべて、心の中で「コンビニ強盗？」と首を傾げる。

重ねて質問しても、この人たちは今すぐ説明をする気はないのだろう。

諦めてため息をついた朱音は、車のシートに背中をつけた。

そうして朱音が動いたせいか、ハンドルを握っている三人目の刑事が、バックミラー越しにこちらを窺ったのがわかる。

監視されているみたいだ。ますます気味が悪い。

慣れない車は乗り物酔いの危険があったけれど、さほど長い距離を走ることなく警察署の看板が出ている駐車場に滑り込んで停車し、ホッとした。

「こちらへ」

車から降りると、若い刑事が隣にピッタリと並んでくる。付き添われているというより、やはり連行されているみたいだ。

長い廊下を歩き、テレビドラマでしか見たことのない小部屋に案内された。机を挟んで向かい合っているイスの一つに、「どうぞ」と腰かけるよう促される。

戸惑いながらイスに座ると、年季の入ったものなのか背もたれ部分からギッと軋んだ音が聞こえてくる。

朱音の前に腰を下ろしたのは、年かさのほうのベテランらしい刑事だった。

「二、三……聞かせてもらえるかな。名前は、宮内朱音くんで間違いないね」

「はい」

朱音を委縮させないようにか、威圧感を極力抑えた声だと思う。それでも、目つきの鋭さが一般人のものではない。

どんな些細な変化も見逃すまいと、朱音を観察している。

「歳は？」

「十九歳です」

「ご家族とは同居していないのかい？」

「……一人暮らしです」

丸きり、ドラマで見たことのある『取り調べ』だ。

こんなふうに詰問される理由など思い当たらないので、得体の知れない気味悪さだけが募っていく。

「あの、なんですか？　落ち着いたら、説明する……って言いましたよね」

それに、既に質問の個数が二、三を超えている。

事前に仕入れた朱音のデータがあり、そこから外れない答を返すか、試されているのかもしれない。

「うん……後でね。今日の夕方からの行動を、聞かせてもらいたいんだが。言いたくなければ黙秘してくれてもいいけど、すんなり話してくれたほうが早く帰宅できるから」

それは、遠回しな脅しではないだろうか。全部、さっさと吐け……と言われているようにしか聞こえない。

言えないことなど何もない朱音は、嘆息して口を開いた。

「今日で終わりましたけど、博物館の警備バイトをしていたんで、夕方頃から夜の九時過ぎまでは博物館にいました」

朱音の言葉に、正面に座っている刑事が小さくうなずく。

壁際の机に向かっている若いほうの刑事が、手元のノートらしきものになにやら書き込んでいるのがわかった。

「博物館を出てからは？　自宅に戻るまで、ずいぶんと時間があった」

「……駅に寄って、知人のマンションに……」

「駅には、何時から何時まで？　知人のマンションは、どこ？　差し障りがなければ、訪問先の住所と相手の氏名を」

「だから、これ……なんなんですか？　迷惑がかかったら嫌なので、知人の名前やマンションは言えません」

完全に、犯罪者になった気分だ。

頭の中では『容疑者』とか『事情聴取』という、乏しい知識から引き出した言葉がグルグル回っている。

これのどこが、少し話を聞くだけなのだろう。プレッシャーをかけた尋問だ。

唇を引き結んで睨みつける朱音に、目の前にいる中年の刑事は仕方なさそうに吐息をついて口を開いた。

「君がアルバイトをしていたという博物館で、少しばかり問題があってね……関係者全員から話を聞いているんだ」

博物館で、問題？

そんな意味深な言葉に、眉を顰めた。中途半端に聞かされると、モヤモヤした気分が増すばかりだ。

「問題、って?」

「それは、いずれわかることだ。マンションの所在地と知人の部屋番号……名前は? 何時から何時までそこにいたのかな?」

「……迷惑がかかるなら、言えない」

篠田を、変なことに巻き込みたくない。絶対に言いたくない。

朱音の強い決意は目に表れているのか、刑事は机に肘をついて上半身を乗り出してくる。

「言いたくないのは構わないが、あまり強情だと、誰かを庇《かば》っているのか疚《やま》しいことがあるのではないかと勘繰られるぞ。こうして話を聞く時間も、長くなるだけだ」

やはりこれは、脅しの一種だ。博物館の問題とはなんなのかわからない上に、一方的に詰問されるのは不本意だった。

グッと奥歯を噛んだ朱音が意固地になっていることは、ベテランらしい刑事にはお見通しに違いない。

ふー……と息をついて、声の調子を和らげる。

「君がその時間にどこにいたのか、確認したいんだ。ご友人には宮内くんと逢ったかどうか聞くだけで、迷惑は一切かけない。裏付けさえ取れたら、家に帰っていいから」

篠田に迷惑がかからないと、信じていいのだろうか。

ただ、どう考えても警察関係者に訪ねてこられたら驚かせてしまうことは確実で……この状況の意味もわからないまま、篠田を煩わせようとしている。

「宮内くん、頼むよ」

懐柔しようと意図した猫撫で声は、不快だった。

このまま黙り込んでいてやろうかとも思ったけれど、妙なプレッシャーを感じる無機質な空間から、少しでも早く逃れたいのが本音だ。

「住所は……知らない。駅から五分くらいの、細長いマンション。線路沿いで……レンガの階段がある。それ以外に、近くに高い建物はない」

「部屋番号と、名前は？」

「…………」

本当に言ってしまっていいものか躊躇っていると、机に視線を落とした朱音の視界に手が映り……机の上を、指先でトンと叩かれた。

ささやかな音だったのに、ビクッと肩を強張らせてしまう。

ダメだ。この人には、朱音の意地など取るに足らないものだ。その気になれば、もっと強引に聞き出すことも可能に違いない。

屈服させられる悔しさに強く手を握り締めると、ポツリと口を開いた。

「701……篠田さん」

「ありがとう。その言葉、信じるよ。……おい、誰かマンションにやれ。防犯カメラの確認と所在の裏取り」

うつむいて身体を強張らせる朱音をよそに、壁際に立っていた男が急ぎ足で小部屋を出ていった。

もう、なにを聞かれても答えるものかと強く奥歯を噛み締める。

見える範囲には時計がないので、今が何時なのか……ここに来てどれくらい経つのか、すべてがあやふやだ。

取り上げられているわけではない携帯電話を出せば、知ることができる。でも、朱音は置き物になったかのように動かなかった。

抗議と抵抗を示すには、あまりにも些少だと思うけれど。

「お茶でも淹れようか」

そんな声にも、無反応を貫く。

目の前で黙り込まれるのには慣れているのか、ベテラン刑事は気詰まりだと感じている様子もなく言葉を続ける。

「博物館の警備員のバイトというのは、興味深いな。人けのない静かな空間で、展示物を観賞し放題だ」

「………」

だからなんだと、心の中で反発する。バイト代をもらいながら、タダで鑑賞できてラッキーだとでも答えたら、満足か？

朱音が頑なな顔で黙り込んでいるせいか、刑事はそれ以上の雑談を持ち出そうとはしなかった。

狭い部屋に複数の人間がいるにもかかわらず、静かだ。なんとも形容し難い閉塞感に、だんだん息苦しくなってくる。

コンと短いノックに続いて扉が開き、朱音の背後から男の声が聞こえたことで、膠着状態が打ち破られた。

「失礼します。宮内くん、確認できました。二十二時まで駅前にいて、その後はマンションの防犯カメラに。どちらも一人で、訪問先も、間違いありません。時間から考えると、マンションを出て真っ直ぐ帰宅していますね」

「……そうか。じゃあ、無関係だな」

朱音の前に座っていた刑事が、大きく息をついた。ポンと肩に手を置かれて、ますます身体に力が入る。

「深夜に時間を取らせて、悪かった。自宅まで送らせよう」

「いりません。おれ、帰っていいんですよね」

「ああ。話を聞かせてくれてありがとう」

顔を上げて睨みつけた朱音に、刑事はまったく臆することなく笑いかけてくる。朱音は凄んでいるつもりでも、爪の先で引っ掻いた程度のダメージさえ与えられていない。

放免となったらしいので、帰ろう。とてつもなく疲れた。

イスから立ち上がったと同時に、慌ただしく若い男が駆け込んでくる。

「日笠が見つかりました！」

「おいっ」

ベテラン刑事が低く発した声で、ピタリと場の空気が固まる。朱音の存在が、続く言葉を呑み込ませたのだろうと察するのは容易い。

立ち上がったベテラン刑事が、朱音の背を押して戸口に誘導しながら口を開いた。

「マスコミにも知られたようだし、すぐにわかることだと思うが……博物館で盗難があったんだ。主犯だと思われる人物はすぐに確定されたが、共犯者がいる可能性もあったからね。念のため、関係者全員に話を聞かせてもらった。夜遅くまで申し訳ない。自宅に帰って……休めばいいよ」

言葉の終わりと同時に廊下に向かって背を押されて、よろりと足を踏み出した。

朱音が出た小部屋の扉はすぐに閉められたので、どういうことだと聞き返す間も与えてくれなかった。

た男だ。


「出口、こっちだから。案内する」

朱音に声をかけてきたのは、アパートの前からここまで連れてこられた際に車を運転していた男だ。

見送っているようでいて、早々に追い出そうとしているに違いない。

「あの」

「俺は、今ここで君になにを聞かれても、立場的に答えられない」

「っ……ですよね」

質問すること自体が無意味になると、なにも聞かないうちに突っぱねられてしまった。

そんなふうに言われてしまうと、口を噤むしかない。

「じゃあ、気をつけて。ご協力、ありがとうございました」

形式的かつ事務的な一言に軽く頭を下げて、駐車場の出口に向かった。

普段の生活圏から外れたあまり馴染みのない地域だけれど、まったく知らない土地ではない。のんびり歩いても、三十分もかからない距離のはずだ。混乱する頭の整理をしながら、アパートを目指そう。

そう思って数歩進んだところで、背後から足音が迫ってきた。

「宮内っ！　ちょっと、待て」

「え……あ！」

立ち止まって振り向いた朱音の目に、数時間前に別れたばかりの田端の姿が映る。こんな時間にここにいるということは、彼も話を聞かれていたのだろう。

駆け寄ってきた田端は朱音の隣に肩を並べると、興奮気味に話しだした。

「おまえも、聞いただろ。信じらんねー……日笠さん、金の飛行機持ち逃げして」

「ちょ……っ、待ってください！　おれ、詳しくは聞いてないです。なにがあったかなんて、ほとんど知らない」

早口で捲し立てようとした田端を、慌てて制した。

朱音が言葉を遮ったことで少し平静を取り戻したのか、田端は右手で自分の髪を掻き乱しながら「あー……」と唸るような声を上げる。

「そっちの道路沿いに、ファミレスあったよな。つき合え」

朱音の答を待つことなく、大股ですたすたと歩き始める。

田端は混乱をあからさまに表していたけれど、戸惑っているのは朱音も同じだ。刑事が言うように、自宅に戻ってのん気に眠れるわけがない。

「田端さん、歩くの速い……って」

トロトロしているうちに、先を歩く田端とのあいだにずいぶんと距離が空いている。小走りで背中を追いかけながら、

「日笠さん……が？」

あの人が、なにをしたと？

刑事と田端、二人から聞かされた名前を消え入りそうな声でつぶやいた。


深夜にもかかわらず、二十四時間営業のファミリーレストランはそれなりの客入りだ。二十席以上あるテーブルの、三割ほどが埋まっている。

大声で話すことはできそうにないが、逆に静かすぎないのが幸いして、自分たちの会話をうまく打ち消してくれそうだった。

席に案内されるなり、田端は「ドリンクバー二つ」と店員に告げて、オーダー伺いに来られないように予防線を張る。

一息つくこともなく、テーブルに手を置いて前置きもなく口を開く。

「おまえが帰った後さ……わりと手早く撤収作業が終わったんだ。大物とか、バラして……トラックに積み込んで、運送業者とも、順調ですねー……なんて話しててさ」

「……ん」

畳みかけるような早口で話しだした田端を、もう制することはできなかった。なにが起きたのか知りたいのは、朱音のほうなのだ。

「アレとか、貴重品関係を……って段階になって、スタッフが異変に気づいた」

周囲の人の耳に入れないように、という配慮ができる程度には落ち着いたらしい。アレ、と言いながら両手で二十センチほどの幅を作って朱音に目配せする。

貴重品のアレ。

サイズからも、警察署の駐車場でチラリと耳にしたことからも、『金の飛行機模型』であることは疑いようもない。

朱音がコクンとうなずくと、田端はテーブルに手を下ろして話を続けた。

「撤収のゴタゴタに紛れて、ガラスケースから忽然と消えてた……ってわけだ。それと一緒に、警備員の一人が行方をくらませた」

「……日笠さん？」

確信を持って、本当は信じたくない人の名前をつぶやいた。

苦い表情を浮かべた田端が、「ああ」とうなずく。テーブルの上で組み合わせた指を落ち着きなく動かしながら、声を絞り出すようにして語る。

どこかに向かって吐き出さなければ、自身の中で抱えきれなくなって破裂してしまうと……切羽詰まった表情だけで、朱音にもその心中が察せられた。

「別れた奥さんとか、それとは別に離れて暮らす息子さんにも仕送りしてたみたいだし……唯一の趣味が競馬だって豪快な賭け方をしてたのもあって、金銭的に余裕がないっていうのは、知らなかったわけじゃないんだ。でも、まさかこんな大それたことをするなんて、予想できないだろっ？　ハッキリ言って、逃げ切れるわけがないのに。そんなことくらい、十年以上も警備会社で勤めているあの人もわかってたはずだ」

朱音は相槌を打つこともできず、唇を噛む。

大らかに笑う、面倒見のいい人。父親のいない朱音は、心の中で勝手に理想の父というポジションに置いていた。

でも……朱音は、数回話しただけの日笠の印象で勝手に『善《い》い人』と決めつけていた。実際の彼がなにを考えてどんな事情を抱えていたのか、なにひとつ知らない。

「なんでこんなこと、やっちゃったかなぁ」

その台詞には、深くうなずくしかない。

朱音もショックだけれど、日笠と親しそうだった田端のショックは更に大きいはずだ。大きな息を吐き出したのを最後に、両手で頭を抱えて動かなくなってしまった。

「田端さん」

「すっげーキツイ……。みっともないから、今、俺の顔を見るなよ」

その声が震えていることに気づかないふりをして、席を立った。ドリンクバーの機械が置かれているところに行き、カフェオレを選んでカップに注ぐ。

両手にカップを持ってテーブルに戻ると、田端の脇に一つ置いた。

「ここ、カップを置きますから気をつけてください」

「……ん」

喉の奥で返事をした田端の正面に座り、ゆっくりと熱いカフェオレを飲む。あたたかな飲み物が、喉を通って胃に落ち……ようやく人心地がついた。

なんとも目まぐるしい一日だった。

異様に長かったようにも感じるし、色んなことがありすぎて、あっという間に時間が過ぎたような気もする。

時間を確認すると、もう……午前三時だ。

たっぷり時間をかけてカフェオレを飲み終えると、財布から五百円玉を出してテーブルの端に置いた。

「代金、置いていきます」

朱音が声をかけても、田端は顔を上げようとせず返事もない。

朱音からは、「また」とも「さよなら」とも言えず、彼に見えていないことはわかっていながら一度だけ軽く頭を下げてファミリーレストランを出た。

雲が覆っているせいで星のない夜空を見上げて、日笠の顔を思い浮かべる。豪快に笑い、朱音の髪を撫で回した大きな手を思い起こすと、鼻の奥がツンと痛くなって……人差し指と親指でギュッと摘まんだ。

「……なんで、そんなこと……したかな」

田端と同じ言葉をつぶやいても、当然どこからも答など返ってこない。やり場のないやるせなさと、どんよりとした不快感の塊ばかりが、胸の奥で渦巻く。

朱音に向かって崩れるように吐露した田端の心情が、痛いほどわかった。

仰向けていた顔を戻して大きく息を吐くと、重い足を引きずるようにしてアパートを目指した。

《九》

コンビニエンスストアの勤務シフトが十六時からで、幸いだった。

何度も目を覚ましてあまり質のいい眠りではなかったけれど、わずかながら心身を休めることはできた。

コンビニの関係者は、昨日朱音の周りで起きた非日常の数々をなにも知らない。だから、普段どおりにしなければ。

そう気合を入れて自動ドアをくぐった直後、朱音の決意は呆気なく突き崩されそうになる。

「あ、来ました。朱音くん、おはよ」

「……おはよう、ございます」

朝ではなく、昼でも夕方でも顔を合せて一番に交わす挨拶は「おはよう」だ。慣れた台詞を西野に答える声が、無様に掠れたものになる。どうして……こんなに中途半端な時間に、篠田がレジ前に立っているのだろう。

「ありがとうございました。……朱音」

西野に軽く頭を下げた篠田は、迷いのない足取りで真っ直ぐに朱音の前へ歩み寄ってきた。

有無を言わさず腕を掴まれて、入ったばかりのコンビニから歩道へと連れ出される。

「上がりは何時？」

目を合わせられずにいると、頭上から低い声で落ちてきた。

短く、でも強い口調で尋ねられて、反射的に言い返す。

「……二十二時」

「わかった。じゃあ、またその頃に来るよ」

多くを語ることなく、それだけ言い残して歩道を歩いていく。あまりの動揺に、聞かれたことに答えるだけになってしまった。

また来る？　本気か？

嘘の上がり時間を言えばよかった……と思いついても、後の祭りだ。

夢の続きを見ているかのようで、現実感が乏しい。

昨日の今日で、篠田と顔を合せるなど考えてもいなかった。二度と逢わない覚悟で、あんなふうにマンションから逃げ出したのだ。

ふわふわした心地で再びコンビニの自動ドアをくぐると、朱音と入れ替えに勤務を終える西野が私服姿で事務室から出てきたところだった。

「朱音くん、スイーツ王子とうまく逢えてよかったわ」

「あの……なんで」

どうして篠田がいたのかなんて、西野に聞いたところで知っているわけがない。そう思い、口にしかけた疑問を途中で呑み込む。

視線を泳がせていると、西野のほうから話を続けた。

「私がシフトに入ったお昼に来店して、朝もいなかったけど朱音くんは今日お休みですか……って聞かれたから、四時に入りますって教えておいたの。いつの間にか、すっかり仲よしになったみたいね」

「仲よし、ってわけじゃ……ないけど」

朱音が感情の起伏を表に出さず、ポツポツしゃべるのはいつものことなので、幸い不自然さを感づかれなかったようだ。

「今度、どのスイーツが一番オススメか聞いておいてよ。新商品まで漏れなく網羅している王子のオススメに、興味があるわぁ」

そう笑った西野は、朱音と入れ替えに自動ドアを出ていった。

レジカウンターに一人で立つ大学生バイトからの視線が鋭いことに気づき、慌てて事務室に向かう。

……危なかった。タイムカードに記された時間は、十六時二分前だ。

篠田は、本当に上がり時間にやって来るのだろうか。

顔を合せて、なにを言えばいい？

二十二時が来なければいいのに……などと非現実的なことを願っていたけれど、そんな日に限ってバタバタ慌ただしく時間が過ぎる。

あっという間に、店内の時計が朱音の上がり時間となる二十二時を指してしまった。しかもこんな日に限って、サボりがちな交代のアルバイトが時間どおりに出勤してきてしまう。

「……じゃ、お先に失礼します。後をお願いします」

レジ前を通りながら、朱音と入れ違いに終夜勤務に入るアルバイトに挨拶をする。お疲れさまっした、という軽い調子の声に送り出されて、すっかり日が落ちた外に出た。

店内からは見えなかった歩道の端、捜そうとするまでもなく目に入る場所に長身が佇んでいて、ビクッと足を止める。

「お疲れ。場所を変えよう」

「和、成さん。なんで」

「……行くよ」

強い力で右手を握られて、そのまま歩きだす。ただでさえ目を惹く篠田が、同性の朱音の手を握って歩く姿は目立つ。

前から歩いてくる人たちの視線を篠田も感じていないはずはないのに、まったく気にする様子もなく朱音の手を握ったまま歩き続けた。

どこに行く気だと、聞くまでもない。すぐに、覚えのあるひょろりと背の高いマンションが見えてきた。

こんなふうに手を引かれてここに入るのは、二日連続だ。けれど、つい昨日のことが遥かに遠い過去のようにぼやけていて、不思議な気分だった。

「和成さん、手……もういいだろ」

エレベーターの中でいい加減放してくれと訴えても、篠田は無言で朱音の手を握り続けている。

そろりと窺った横顔に表情はなく、元々が端整なだけに冷たいような印象が際立つばかりで、なにを思っているのか読み解くことはできなかった。

篠田は一言も発することなくエレベーターを降りて廊下を歩き、部屋の扉を開く。朱音の手を捕らえたまま玄関に入ると素早く靴を脱ぎ捨てて、引きずるように廊下へと上がらされた。

「あ、まだ靴……が、和成さんっ」

左足に靴が残ったままだと訴えようにも、強く朱音の手を引く篠田には聞き入れられそうにない。

玄関から数歩上がったところにシューズの左を落とし、リビングに連れてこられた。

朱音を伴って大きな座椅子タイプのソファに腰を下ろした篠田は、ようやく少しだけ手の力を緩めて肩を上下させる。

緊張に息を詰めていたのは、朱音だけではなかったようだ。

「聞きたいこととか……言いたいことがありすぎて、どこから手をつければいいか悩ましいんだけど、まずは、大丈夫なのか？」

「……うん」

大丈夫かという質問はなにを指してのものなのか、範囲が広すぎて曖昧だ。でも朱音自身は、なんともない。

「朝のコンビニにもいないし……無事な姿を見るまで、生きた心地がしなかった。よく考えたら、連絡先も知らなかったんだよな」

そうだ。コンビニや夜の公園で当然のように逢えていたので、互いの電話番号やメールアドレスは交換していない。

朱音は篠田がこのマンションに住んでいることを知っていても、篠田は朱音がどこに住んでいるのかわからないはずだ。

「昨夜、朱音が出ていって、情けなくフラれたかとヤケ酒に走ろうとしてワインボトルを出してきたところで……インターホンが鳴った。君が戻ってきてくれたのかと期待すると、似ても似つかない厳ついオニーチャンが二人立っていて、警察手帳を見せながら宮内朱音くんを知ってますね？　なんて聞かれた俺の気持ちがわかるか？　なにがあったんだと聞いても答えてくれないし、事故や事件で身に危険があるわけじゃないってことだけなんとか教えてもらって、悶々《もんもん》と朝を待った」

朱音が警察署で待機していた時、行動の裏付けを取ると刑事たちが訪ねてきた際のやり取りを聞かされて、肩を竦ませる。

迷惑をかけないなどと言っていたけれど、深夜に警察関係者が訪ねてくるだけで十分すぎるほど迷惑だ。

「ごめ……」

「謝ってほしいわけじゃない。わかるだろ。なにがあったか、説明してくれるか」

険しい顔で説明しろと迫られて、一度だけ首を上下させた。

「は……い。おれも、詳しく知っているわけじゃないんだ。人から聞いたことと、ニュースで流れていたことだけ……で」

「いいよ。知っていることだけでも、聞かせてくれ。おまえには関係ないとか、言わせないからな」

いつになく硬い響きの声で促されると、無言でうなずく以外にどうすることもできなかった。

ソファに浅く腰を下ろした朱音は、自分の膝を見つめながらポツリポツリと経緯を語る。

朱音が知っていることは、本当に多くない。

警察署でのやり取りと、田端から聞かされたこと……ニュース番組でさらりと短く報道されていたことを繋ぎ合わせるので、精いっぱいだ。

時系列が行ったり来たり、憶測を可能な限り排除して事実と思われる部分だけをたどたどしく語る朱音の話は、わかりやすいとは言い難いもののはずだ。でも篠田は、根気強く最後まで耳を傾けてくれた。

「……おれは、派遣だったし……説明とかしてくれないから、今どうなっているのか詳しくわかんない。日笠さんは、夜行を使って移動していたみたいで……山陰《さんいん》の駅にいるところを捕まえられたって話だけど。飛行機模型も、バッグから見つかったって」

田端なら、もう少し詳しく知っているはずだ。少し落ち着いた頃に、教えられたきり一度もかけたことのない携帯番号に連絡してみよう。

知っていることをすべて吐き出して口を噤むと、沈黙が広がった。うつむけた顔を上げられないので、篠田がどんな表情をしているのかわからない。

空気が重くて、喉の奥に息が詰まりそうで……苦しい。

緊張に晒され続けることに限界が来て、朱音が小さく息を吐いた瞬間、停滞していた空気が動いた。

「和成さん……？」

なに？　隣に座っている篠田に、両手で身体を抱き締められている？

一度は手放しかけた緊張が舞い戻ってきて、朱音は全身を強張らせた。

「いろいろ……きつかったな。知っている人間の陰の部分は、重いだろ」

「ッ……いい人、なんだ。ホントに。おれみたいなのにも、優しくて……大きな手、あったかくて」

喉が、ヒリヒリする。声が変に上擦り、鼻の奥が痛くなって……震える唇を噛んだ。

朱音の背中を抱く篠田の手に、グッと力が込められる。

「そっか。ビックリして……ショックで、傷ついたよな。我慢せずに、ここで全部吐き出しちゃえ」

ポンポンと背中を叩く手が、日笠にそうされた時の感触と似ていて……突如、視界が白く霞んだ。

自分がどうなってしまったのかわからず、ただ肩を震わせる朱音を、篠田は黙って抱き締め続ける。

……そうか。ショックで、傷ついていたのかと、虚無感を上回る思いが込み上げてくる。

昨夜からずっと胸の内側に滞っていたものは、知っている人が犯した罪に対する憤りではなく、なにが日笠をそうさせてしまったのかというショックと……彼の陰に気づかなかった自分へのやるせなさと、同じく警備をしていた立場として裏切られたような気がして傷ついたのと、いろんな感情が複雑に絡み合った塊だったのか。

どうして、篠田はこんなにやさしく抱き締めてくれるのだろう。自分でも思い出したくないほど、酷いことを言ったはずなのに。

「なん、で。和成さん、おれのことなんて……嫌になったんじゃないの？　あんなふうに、言って」

身体を硬くして、優しくしてくれる理由がわからない……と拳を握り締める。

ため息をついた篠田は、穏やかな調子で朱音の「なんで」に答えた。

「簡単に嫌いになれるなら、よかったんだけどね。朱音が俺を嫌がっても、傷ついていたら抱き締めて慰めて……少しでも楽にしてあげたい。甘えるのが下手な朱音を、とことん甘やかしたい。君を好きな俺の想いは、そんなにあっさりなくせるほど軽くないよ」

好きだと、躊躇いなくあたたかな感情を向けられて……大きく頭を横に振る。

信じられない。信じてはいけない。

信じるものかと全身で拒絶する朱音に、篠田はもどかしそうに口にした。

「朱音、俺の好きを否定するな。なんで、そんなに……信じようとしないんだよ」

なんで？　篠田が、それを言うのか。

朱音を責めるような言葉に、信じられない自分が悪いのかと、張り詰めていた糸がプツンと切れた。

「捨……た、っに」

「え？　なんだって？」

感情の昂りのあまりかすれた声は、うまく言葉にならなくて……コクンと喉を鳴らして、今度こそ絞り出した。

「捨てた、くせにっ。そんなふうに言っても、おれが全力で甘えたら重くなる。また、邪魔になったら捨てるんだ！」

「なんのこと……だ？　捨てたってなんだよっ」

強く肩を掴まれて、抱き込まれていた腕の中から引き離された。

朱音を見下ろす目に浮かぶのは、困惑と不安と、かすかな憤りの色……。

一度噴き出した思いは止めどなく湧いてきて、制御できないまま言葉に乗せる。

「母さんと、アパート……出ていっただろ。二人して、おれのこと捨てて。今、どうしてるか気になるって？　十年前に逢っていたことを気づかない男に、優しい人ぶって好きだなんて言われて、困ってるよっ！　好きなのか、嫌いなのか、わかんなくな……って」

普段感情を波立たせることのない朱音は、大声を出すこともない。

慣れないことばかりするものだから、自分がなにを口走っているのか、途中からわからなくなってしまった。

睨み上げた篠田は、唖然と目を見開いて朱音を見つめている。

「朱音……が？　え？　まさか……」

「あんたが猫みたいに呼んでた、カワイソウなガキだよ。ビビったか。親がなくても子供は育つんだ」

歪んだ笑みを浮かべて、ハッキリと言葉で突きつけてやる。

それでも呆気に取られた顔をしていた篠田は、長い沈黙の後……ようやく唇を震わせてつぶやいた。

「みゃー……ちゃん？　宮……あ、そうか。女の子だと……ばかり」

混乱する自身をなんとか抑えようとしてか、朱音の肩を掴んでいた右手を上げてクシャクシャと自分の髪を掻き乱す。

そのあいだも視線を逸らさない篠田に負けて、ふいっと顔を背けた。

「ちょ……と待て。捨てたって、なんだ？　俺は、みゃーちゃんの母親なんて知らないぞ。いや、一、二回は見かけたことがあるけど……」

「今更、そんなふうに誤魔化さなくても」

「誤魔化してなんかいない。本当に、朱音がなにを言っているのかわからないんだ」

背けていた頭を両手で挟み込まれて、正面に戻される。真っ直ぐに朱音と視線を絡ませる篠田の目は真摯なもので……嘘は見当たらない。

「だ、って。アパートの大家さん、母さんは隣の大学生と似た若い男と出ていくのを見た人がいる、って……」

子供の頃の記憶は、それほど鮮明なわけではない。でも、幼心に強烈な衝撃を与えた物事は、忘れないものだ。

思い出しながら口にすると、篠田は眉間に深い縦皺を刻んで聞き返してきた。

「見た人がいる？　憶測だろ。それも、俺じゃなくて……俺に似た、若い男っていうだけじゃないのか？」

「え？　……あ……」

確かに、誰も「篠田だ」とは、断言していなかった気がする。

じゃあ……母親は、誰と出ていった？　時期を同じくして、篠田もいなくなったのに……。

「十年前のアパート、か。俺はもともと、半月くらいしかいない予定だった。寮の空きが出るのが、三月末だったからな。寮の管理人とアパートの所有者が知り合いだったことで、特別に短期で借りていたんだ。出ていったのは、当初の予定どおり寮に移ったせいだ。あの子がどうしているのか、気になって……四月に入って一度だけアパートに行ってみたけど、『みゃーちゃん』がいた部屋は空室になってた」

「母さん、帰ってこなくなって……施設に入った、から。おれ、母さんと『しのちゃん』に捨てられた……ってずっと思ってて、て」

違っていた？　不確かな噂を耳にして、勘違いと思い込みで、ずっと『しのちゃん』に裏切られたと恨んでいたということか？

これまで十年という長い時間、自分の中で信じていたものを根底から引っくり返されてしまい、言葉を失った。

頭の中が真っ白で、なにを考えればいいのかわからない。

呆然自失の朱音に、同じくらい呆気に取られているらしい篠田は「嘘だろ」と低く零した。

「俺、無責任なご近所の噂のせいで、十年も『みゃーちゃん』に恨まれていたのか？　捨てられた……って、なんだよそれ。信じらんねぇ」

怒っているというよりも、脱力しきったような声だ。

自身が与《あずか》り知らないところで展開していたあんまりな事態を、どう捉えればいいのか、わからなくなってしまったのかもしれない。

「ご、ごめんなさい。おれ、ずっと、とんでもない思い違い……してた、みたい」

ごめんなさいですむものではないとわかっていても、それ以外になにも言えない。

うつむいてソファの端を見据える朱音の視界に、篠田の手が映り込んだ。

「みゃーちゃん？」

「……うん」

顔を仰向けさせられると、篠田と目が合う。

みゃーちゃんと呼ぶ声は、記憶の奥深くに沈めて閉じ込めていたものと同じで、一気に過去へと引き戻されてしまうような不思議な感覚に包まれた。

「元気だったんだな。怖いこと……いっぱい考えたけど。こんなにおっきくなってて……よかった」

ふっと笑みを浮かべた篠田は、それだけ言って朱音の身体を胸元へと抱き込んだ。

抗うことなどできず、あたたかい腕の中に身体を預けた朱音は、「なんで?」と握り締めた拳を震わせる。

「なんで、怒んないんだよ。おれ、勘違いで恨んでて……酷いこと、言ったりもして」

「怒らない。朱音は悪くない。言ってくれて、ありがとう。朱音が話してくれなかったら、間違った記憶で恨まれたままだったし……『みゃーちゃん』が元気で大きくなっていることも、知らなかった」

「お、人好し……っ。信じらんな……」

その先はもう声にならなくて、篠田の肩に強く額を押しつけた。

面倒そうに言いながら、部屋に招き入れてホットケーキを作ってくれた十年前も……互いのことをなにも知らず、出逢い直しをしてからも。

篠田はずっと、あたたかなものばかり朱音にくれる。

「俺をお人好しなんて言うのは、朱音だけだよ。誰にでも優しいわけじゃない。惚れた弱みってヤツだから、仕方ないなぁ。って言い方をしたら、小さい『みゃーちゃん』にも下心があったみたいでヤバいな」

茶化した最後の一言は、篠田らしかった。思わず唇を綻ばせてしまう。

朱音の髪をそっと撫でた篠田は、ふと声のトーンを落として続けた。

「なぁ、朱音。今度こそ、聞かせてくれる? 俺のこと……どう思ってる? 本音を言えよ」

ほんの少し不安を感じさせる真剣な口調で、これまで朱音が曖昧にして逃げ続けていたことの心裡を追求される。

のろのろと顔を上げた朱音は、篠田と目を合わせて唇を開いた。

「おれ、和成さんを好きだ……って言っていい？　迷惑ばかりかけて、勘違いで恨んだりする子供で、なにも和成さんのプラスになりそうにない……けど」

だんだん声が小さくなってしまう。うつむいて目を逸らそうとした朱音を、篠田は逃がしてくれなかった。

ジッと視線を絡ませながら、唇に微笑を浮かべる。

「好きだ、って言ってくれるだけで十分すぎる。それに言っただろ。『みゃーちゃん』のおかげで、今の俺があるんだ」

「重くなったら、捨てていってていいよ」

篠田の夢の邪魔をしたくない。足手まといになりそうなら、切り捨ててほしい。

そんな朱音の願いを、篠田は「バカ」の一言で一蹴した。

「それを言うなら、俺の愛情のほうが重いだろ。だから、捨てるとしたら朱音が俺を……だろうな」

「捨てないっ。絶対、しのちゃん……もう離したくない。母さんがおれの前に置いていくの、チョコとか菓子パンばかりで甘いのはキライなのに、しのちゃんに食べさせてもらったホットケーキだけは美味しかった。あの思い出だけで、生きてこられたんだ」

篠田の腕に縋りつくようにして、必死で訴える。

今の篠田があるのは『みゃーちゃん』だった朱音のおかげだと言ってくれたが、昔も今も朱音にとって篠田の存在はかけがえのないものだ。この先、朱音が篠田を捨てるなんて、あり得ない。

「もう、独りは嫌だ。淋しいの、ヤダよ……っ」

誰にもぶつけたことのない思いを、生まれて初めて篠田に全力で投げつけた。

独りで生きていける……なんて意地を張っていても、強がりの欺瞞《ぎまん》だ。本当の朱音は、淋しがりで甘えたがりで……弱い。

そのことを、思えばずいぶん早くから篠田には見透かされていた。

「独りにしないよ。こんなに危なっかしくて、淋しがりの甘えん坊……放っておけるわけがないだろ」

強く抱き締められて、密着した胸元から力強い鼓動が伝わってくる。

ドクドク……猛スピードで心臓が脈打っているのがわかった。

それはきっと、朱音の心臓が脈打つのと同じくらいの速さで……共鳴するかのような、不思議な感覚だった。

もっと、もっと……深く寄り添って、篠田とくっつきたい。

こんなに欲深い自分がいることを初めて知り、怖くてたまらなくなる。

「和成さん、おれ……どうしよう」

自身の内側から込み上げてくる衝動に戸惑った朱音は、篠田ならどうにかしてくれるはずだと、震える手で彼にしがみついた。

「朱音?」

「和成さんと、もっとくっつきたい……。こんなのじゃ、足りない。……どうしたら、いい?」

「っ……と、待て。今、俺の理性は風前の灯《ともしび》ってヤツだ。甘えたいだけの朱音を自分に都合よく曲解して、本能に従いたくなるから……離れてくれるとありがたい」

困惑の滲む声でそう言いながら、離されそうになる。焦った朱音は、ますます力を込めて篠田に抱きついた。

「嫌だ。離れない。甘えていい、って言った」

「いや、そうだけど……この空気をぶち壊すのは躊躇われるっていうか。さすがに……自分でもどうだよ俺……って、自己嫌悪で死にたくなりそうだな」

空気を壊すとか、自己嫌悪だとか。

篠田が、なにを躊躇っているのかわからない。朱音は今の空気に漂っていたいなどと、一言も言っていないのに。

「なんで?　おれ、たぶん和成さんが考えてるよりガキじゃない。小さい『みゃーちゃん』じゃないよ。おれが望んでいても、離れろって言う?」

普段の倍以上、しゃべっていると自分でも思う。次から次へと湧き上がり、唇から溢れる言葉を止められない。

縋るようにして必死で言葉を重ねる朱音を、篠田は複雑そうな声で押しとどめようとする。

「んー……朱音の言葉に乗っかって、本能に負けたいのは山々だけど……今の朱音は普通のテンションじゃない、ってわかるからな。色んなことがありすぎて、精神的に混乱した上に高揚してる」

「だったら、なんだよ。なにがダメ?」

「俺が、嫌なんだ。勢いに流されるみたいなこと……したくない。朱音が大事だからな。顔、上げろ」

そっと両手で頬を包まれ、顔を仰向けさせられる。

至近距離で視線を絡ませた篠田は、真摯な瞳で朱音を見ていた。コツンと額を軽く触れ合わせると、弱った声で続ける。

「頼むよ。俺に、大切にさせてくれ。お疲れの朱音が今しなければならないのは、俺の腕の中で死ぬほど甘やかされて眠る……ってこと」

な?　と笑いながら唇を重ねられる。

軽く押しつけられるだけの、やんわりとしたキスに……ふにゃりと全身の力が抜けた。

朱音の身体を両腕で抱き留めた篠田が、ふっと笑う気配がした。

「ほら、気が抜けただろ。夢も見ずに寝て……朝ごはんは、ホットケーキだな」

ポンポンと子供を宥めるように、軽く背中を叩きながら低い声が頭上から落ちてくる。

突然身体が重くなったみたいで、動かない。

こんなふうに抱かれて、甘えて……恥ずかしいと頭では思うのに、腕を上げることもできない。

「このまま寝ちゃっていいよ」

「で、も……重い」

むしろ、眠ってしまえと……背中を撫でる大きな手が促してくる。

ダメだろうと言い返したいのに、舌が重い。きちんと声が出ない。

「全然。猫を抱っこしてるみたいなもんだろ」

笑みを含んだ声で言いながらくしゃくしゃと髪を撫でられて、とろりとした心地よさに瞼を伏せる。

もうダメだ。こんな心地よさに、抗えるわけがない。

「意地っ張りで甘えるのが下手な朱音が、俺に抱かれて安心してくれるなんて……な。俺、すげー幸せ」

幸せ？

そんなの……朱音の台詞だ。

でも、それより伝えなければならないのは。

「和成さ……ん。す……き」

小さな声で、好きと……告げた言葉は、篠田の耳まで届かなかったかもしれない。

そう思ったところで、朱音の髪を撫でていた篠田の手がピタリと動きを止める。

「カワイイ『好き』だけど、ちょっと物足りないかな。ハッキリ目が覚めたら、改めて言ってもらうからな」

後頭部を包むようにして胸元に抱き寄せられ、ほんの少し頭を揺らした。

あたたかくて……気持ちいい。

ほんの少し、甘い焼き菓子の匂いがするけれど……篠田から感じるものは、キライじゃない。

甘い香りに包まれていたせいか、篠田の腕の中で見た夢は、一抱えもある大きなフライパンで巨大なホットケーキを作って「どうぞ」と目の前に差し出される……幸せと苦痛が紙一重の、複雑なものだった。

甘いからコワイ

さり気なく、チラリと時計に目を向けた……つもりだった。

「朱音くん、さっきから時間を気にしてるみたいだけど……この後、なにか用事があるの？」

それを、並んでレジに入っていた西野に目敏く指摘されてしまい、ドキリとする。

朱音は慌てて首を左右に振りながら、言い訳を口にした。

「いえ、えっと……そろそろ会社がお昼休みになる時間だな、って思って」

昼前のこの時間は少し落ち着いているけれど、近隣の会社がお昼休みになると、いきなり客が押し寄せてくるのだ。

そのせいで、身構えている……と受け取ってくれたらしい。

本当は、今日はパティスリーでの勤務が休みだからお昼前くらいにコンビニに行く……と、篠田から予告されているせいなのだが。

「ああ、そうね。ポットのお湯の補給はしたし、ホットスナックもたっぷり用意してあるから大丈夫でしょ。どんと来い！」

西野は、準備万端だと笑って頼もしく胸を張る。

朱音が曖昧にうなずいたところで、自動ドアの向こうに長身が立った。

「いらっしゃいませ」

西野と二人で、声を合わせて来客を迎える。ゆったりとした大股で店内に入ってきたのは、朱音も西野も馴染みのある常連客だ。

わざと長身から視線を逸らして、ドキドキする心臓に「落ち着けよ」と言い聞かせた。

慣れたふうに店内を横切ると、奥にある冷蔵の棚に足を向けてさほど迷う様子もなく商品を手に取り、すぐにレジ前へと立った。

お握りが三つとカップみそ汁……新商品のクリームたっぷりチョコプリンと、クレープ。抹茶クリームのどら焼き。

「ありがとうございます。以上七点で、九百九十五円になります」

西野がレジ打ちをして代金のやり取りをしているあいだに、朱音は商品をレジ袋に収める。

割り箸だけをつけて、デザートスプーンがいらないことは承知している。財布を仕舞った男に、「ありがとうございました」とレジ袋を差し出した。

「ありがと」

レジ袋を受け渡すのと同時に、指先をキュッと握られる。

不意打ちに驚いた朱音は、ビクッと肩を震わせてレジカウンター越しに男……篠田を見上げた。

自動ドアを出ていって……

小さく答えた声が、みっともなく上擦る。

目が合ったのは一、二秒で、爽やかな笑みを残した長身の主が、自動ドアを出ていって……姿が見えなくなった瞬間。


「ちょっと、朱音くん！」

グルリとこちらに身体を向けた西野に、ガシッと肩を掴まれた。その瞳は、好奇心でキラキラ輝いている。

「スイーツ王子と、なにが夕方に？　っていうか、王子があんな普通の買い物をするのって、初めてじゃない？　まぁ……いつもどおりにスイーツもあったけど」

「えっと、おれのシフトが夕方まで……って言ったら、迎えに来るって。その、ちょっとだけ遊ぼうかって誘ってくれて」

「あら、羨ましい。ほんとに、仲よくなったのね。じゃ、さっきのスイーツって朱音くんも一緒に？」

朱音と同じ年頃の息子がいるという西野だが、女子高生とあまり変わらないテンションの高さとミーハー心を持っている。特に、彼女が『スイーツ王子』と呼ぶ篠田のことになれば、好奇心が抑えられないようだ。

自分と篠田は、「仲がいい」という言葉を超越した関係だ。あまり深く突っ込まれると気まずいので、ポツポツと言葉を返す。

「おれは、甘いのキライだから食べません。篠田さん、コンビニスイーツを職場の人たちと食してるみたいですし。世間の流行を調査するのと、コスパの研究がどうとか、なんか……いろいろ目的があるらしくて。うちだけじゃなく、他のコンビニチェーンのものも皆で持ち寄ってるそうです」

篠田から聞かされた、謎だった買い物の種明かしを語る。

おずおずと、「スイーツ、和成さんが全部食べてんの？」と尋ねた朱音に、篠田は苦笑して「まさか」と話してくれたのだ。

「なになに？　職場って？」

「あれ、言ってませんでしたか？　駅の向こうの、パティスリーでお菓子を作ってる人、らしいです。おれは、ケーキ屋なんか無縁なんで行ったことはありませんが。たまに甘いのが食傷気味になって、激辛カレーとかスルメを食べたくなるそうです」

西野も、朱音と同じように不思議だと笑っていたのだから、これで謎が解けてスッキリしただろう……と思ったのに。

何故か、複雑そうな顔で唇を引き結んでいた。

「西野さん？」

「なんか……あまり知りたくなかったかも。王子じゃないのかぁ。スルメとか、レトルトの激辛カレーとか……むしろ、庶民的」

どうやら朱音は、彼女の夢想を壊してしまったらしい。まさか、本当に王子だと思っていたわけではないはずだが……女心は複雑だ。

「あ、けどパティシエさんってことは……白いコック服？　うーん、爽やかで似合うわぁ。それはそれで、いいかも。近いうちに買い物に行こうっと。チラッとでも見えるかしら」

想像で篠田にコック服を着せて楽しんでいるらしい西野は、含み笑いを漏らしながら一人でうなずいていた。

あまりの切り替えの早さに、朱音はなにも言えずに唖然とする。

でも、夕方迎えに……という部分を問い詰められなくて、幸いか。

「西野さん。昼の波がやってきましたよ」

「あら、ホント。よし、かかって来い！」

時計の針が十二時を少し過ぎていて、歩道を通る人の数が目に見えて増えている。西野が気合を入れ直した直後に自動ドアが開き、次々とスーツ姿の男性や制服の女性が店内に流れ込んできた。

これで、完全に篠田の話題から離れられる。

ホッとした朱音は、いつになく愛想よく「いらっしゃいませ」と口にして頬を緩ませた。

□□□

夕方からのシフトに入る大学生にバトンタッチをしてコンビニを出ると、歩道の隅に篠田が立っていた。

「和成さん、長く待たせた？　わざわざ迎えに来なくても、いいのに……」

「俺が、迎えに来たかったんだ。レンタルショップ、寄っていく？　スター○ォーズ、見たことないって言ってたよな。今だとシリーズがパックになってるから、一気に借りられる」

駅のすぐ傍にあるレンタルショップを指差しながら、どうする？　と尋ねてくる。

そこにあることは認識していても、朱音は一度も足を踏み入れたことがない店舗だ。チラリと横目で見て、首を左右に振った。

「……うん。でも、今度でいいや」

「そっか。じゃ、晩御飯の買い物をして……なにが食べたい？」

「好き嫌い、ないからなんでも。甘くなければいい」

つまらない答だと、自分でも思う。せっかく篠田が気遣ってくれているのに、可愛げがない態度だ。

表情を曇らせているのでは……と横顔を窺ったけれど、篠田は不機嫌そうな色を微塵も滲ませていなかった。

「うーん……さすがに晩飯にまで甘味は、俺も嫌だな。和洋中……普段、あまり食べないものはどれ？」

「……中華」

「よし、じゃあ決まり。餡《あん》かけ焼きそばか、天津飯《てんしんはん》あたりだな」

短い一言にうなずいた篠田は、楽しそうに笑ってそう言うと、朱音の背中に手を当ててスーパーのほうへと進路を誘導する。

いつも、こうだ。朱音がどんな態度を取っても、篠田は機嫌を損ねることがない。

元々の度量が大きいのもあるだろうし、特に今日は……朱音がどことなく緊張しているのを察しているのかもしれない。

スーパーで食材を籠に入れ、そういえば用意してある？　とレジの近くに陳列されている歯ブラシを指差した篠田に、うっかり顔を紅潮させてしまい……クスリと笑われてしまった。

やっぱり、朱音がいつも以上に無愛想になっている理由がわかっていたのだと確信する。その上でからかったに違いない篠田を無言で睨み、ムッと唇を引き結んだ。

「悪い悪い。あんまり朱音が可愛いから」

そんなフォローなど聞く耳持たぬと、顔を背けて早足でレジに並んだ。

篠田の纏う空気が甘くて、恥ずかしくて……どんな顔をすればいいのかわからなくなるから、困る。


夕食を終え、バスルームを借りてリビングに戻る。

「先に、ありがと」

ソファに腰かけている篠田の足元に座り込むと、肩に引っかけているタオルを取り上げられた。

「髪、まだ濡れてるよ。ドライヤー持ってくるから」

タオルで髪の水気を拭いながらそう言われて、「いいよ」と頭を振った。

「そのうち、乾くし」

「んー……俺が朱音を構いたいんだけどなぁ。じゃあ、俺も風呂入ってくるから。戻ってきても乾いてなければ、ドライヤーさせてね」

朱音の頭にタオルを被せると、ポンと軽く手を置いて腰かけていたソファから立ち上がる。

朱音は言葉もなくうなずき、両手でタオルの両端を握った。

篠田の気配がなくなってから、懸命にタオルで髪を拭く。

早く、乾け。篠田にドライヤーをかけられるなんて、小さい子供みたいで恥ずかしい。

そうして必死でタオルを動かしていたけれど、なかなか乾いてくれない。

篠田がバスルームを使っているあいだにドライヤーを借りて、自分で乾かしてしまえばよかったのでは……と気がついたのは、「お待たせ」と笑いながらドライヤーを手にしたパジャマ姿の篠田を目にした時だった。

思いつくのが、遅すぎる。

「約束だ」

嬉しそうに笑う篠田に手招かれると、「嫌だ」などと逃げることもできなくて……身を硬くした朱音は、ソファに腰を下ろした篠田の脚元でドライヤーの温風を頭に受けた。

篠田の指が、そっと髪のもつれを解く。時おり指先が耳や首筋に触れ、そのたびにビクッと身体を震わせてしまう。

耳元で響く、ドライヤーの音がありがたい。わずかながらでも気が紛れる。

タオルを手にした朱音が格闘してもなかなか乾いてくれなかった髪は、ものの数分で見事に乾燥した。

「これでいいかな。朱音の髪、手触りいいな。カラーリングとかしないから、傷みがない」

「和成さん……は、昔、金色だった」

今の篠田は艶やかなダークブラウンだけれど、記憶の中の『しのちゃん』は、キラキラの髪をしていた。

印象があまりにも違うことも原因で、篠田と『しのちゃん』が結びつかなかったのだ。

「あー……若かったからな。でも、食品を扱うには清潔感が大事だって、専門学校に入ってからは一切手を加えていない」

苦いものを含んだ声でそう言った篠田は、テーブルの隅に役目を終えたドライヤーを置く。身を乗り出したせいで背中に篠田の身体が当たり、ビクリと肩を揺らしてしまった。

……恥ずかしい。めちゃくちゃに意識していますと、全身で伝えているみたいだ。

唇を噛んで身を強張らせている朱音の背中を、篠田が軽く叩いた。

「怖がらなくていいよ。無理に、どうこうするつもりはないから。って、下心満載で休みの前日に泊まりにおいで……なんて誘った人間が言っても、説得力がないか」

背後にいる篠田が、どんな顔をしているのかわからない。でも、声には苦いものが含まれていて……慌てて振り向いた。

「違う。和成さんを怖がっているとか……じゃなくて、身体が勝手に」

「ビクビクするくらい、警戒してるってことだろ」

目が合った篠田は、苦笑を滲ませている。朱音を安心させようとしてか、「大丈夫だよ」と髪を撫でてきた。

「違うって。子供扱いしてもらいたいわけじゃない。おれ、意識しすぎで……変なんだ。髪、触られてただけなのに……心臓が、壊れそうなくらいドキドキしてる。嫌だから、じゃないからなっ」

早口で最後の一言をつけ加えて、篠田の手を握った。

自分の胸元に押しつけて、激しい動悸を伝える。ドクドク……忙しない脈動が、パジャマ代わりの薄いTシャツ越しに感じられるはずだ。

「でも、朱音」

「おれは、ちっちゃい『みゃーちゃん』じゃないよ。男だから、好きな人には触ってほしい……とか、触りたいって欲望が、ある」

顔が熱い。欲情していますと晒け出す自分は、どんな顔をしているだろう。

たまらなく恥ずかしいけれど、きちんと伝えなければ篠田はわかってくれない。きっと朱音を慮って、手を引いてしまう。

嫌だ。もっと、くっつきたい……と、篠田の手を握る指に力を込める。

無言の篠田に、引かれてしまっただろうかと不安が込み上げてきたところで、頭上から低い声が落ちてきた。

「あー……もうダメだ。本能に理性が負けた。限界まで足を突っ張っていたのに、朱音が最後の一押しをしたんだからな」

諦めたようにそう言い放った篠田は、朱音が握っていた手を引き抜くと、頬を両手で包んで顔を寄せてくる。

吐息が唇を撫でるくすぐったさに首を竦ませた朱音は、間近にある篠田の唇にふわりと自分の唇を触れ合わせた。

「うん。おれが悪い……ってことで、いいよ」

身体を背後に捻り、目を合わせてハッキリと口にする。目を細めた篠田は、諦めたように嘆息した。

「ッ……とに、どうなっても知らないぞ」

指先で髪を弄びながら凄まれても、怖くなんかないし……前言撤回する気もない。

仄かな笑みを浮かべた朱音は、お返しとばかりに篠田の髪を両手で掻き乱して、もう一度唇を押しつけた。


寝室に場所を移す間も惜しいからと、ソファの背を倒してベッドにする。リビングの照明を最小に絞り、ぼんやりとした明かりの中で向かい合った。

パジャマ代わりの、Tシャツとハーフパンツ……朱音の着ているものは少なくて、あっという間に剥ぎ取った篠田は、手を止めてジッと見下ろしてきた。

「……なに？」

「いや、『みゃーちゃん』はあんなに小さかったのに、大きくなるもんだなー……と。成長を確認して、変な感慨が込み上げてきた」

マジマジと身体を見下ろしながらそんなふうに言われると、裸を見られていることに対する羞恥よりも不安が込み上げてくる。

「男だな……って、その気がなくなった？」

「ってわけじゃないのが、自分でも問題だと思うね。ロリコンの気はないはずなんだけど、昔から特別だ。朱音だけは例外ってことにしてもらおう」

篠田の諦めたような笑みを目にするのは、何度目だろう。

例外だとか、特別だとか……朱音だけだとか。

そんな言葉がどれほど朱音を嬉しがらせているのか、篠田はわかっていないのかもしれない。

「おれだけ？」

「そうだな。ベッドで見下ろして、こんなに緊張するのも朱音が初めてだ」

「ん……おれの初めて、全部和成さんのものだから。和成さんの初めてを、一つでももらえるのは嬉しい」

しゃべりながら手を伸ばして、篠田の肩にそっと乗せる。初めて触れた自分以外の人の素肌は、熱かった。

篠田からの言葉はなく、頭の横に手をついて身体を重ねてくる。

「っ、ん……」

キスは、気持ちいいと知っている。

触れるだけの優しいものではなく、舌を絡みつかせる濃密な口づけも……怖いのではなく、身体の熱を上げるだけだ。

「ぁ、ン……っっ」

篠田の手が、二の腕を撫で下ろし……指先まで辿り、また上がっていく。

肩、鎖骨……胸元から腹までじっくり丁寧に撫でられると、背筋を悪寒に似たなにかが駆け上がる。

激しい動悸が、耳の奥で響いている。喉を通る息も熱くて、胸が苦しくて……でも、もっと貪欲に求めてしまう。

自分でも制御しきれない欲望に戸惑う朱音を、篠田は熱っぽい瞳で見つめていた。

「嫌だと思ったら、いつでも言ってくれ」

「……絶対、言わない」

「酷いことをして、泣かせるかもしれない」

「泣かない。もし、うっかり泣いたとしても……酷いことされたなんて、思わないから」

気遣ってくれる言葉を、片端からすべて否定する。

朱音を見下ろしている篠田は、どこかが痛いような……愛しさともどかしさと、息苦しさをゴチャ混ぜにしたような、言葉では形容し難い複雑な笑みを浮かべた。

「愛しくて、可愛すぎで……どうにかなりそうだ」

「どう……なっても、いいよ」

今度は否定することなく、両手を伸ばして篠田の背中を抱き寄せる。遮るものがなくなった胸元をピッタリと重ねると、より近くに心臓の脈動を感じた。

「ここも……こっちも、好きなように触られるぞ」

「だから、いい……って」

膝を立てられてそのあいだに篠田の脚を差し入れられ、朱音が自分の意思で閉じられないようにしておいて、指を滑り込ませてくる。

「あっ、ッ……！」

腿の内側から上……自分でもあまり触れないところに篠田の指を感じて、ビクッと腰を震わせた。

「嫌じゃない？」

「だからっ、恥ずかし……だけだ、って。も……聞くなよっ」

篠田の肩を叩いて抗議すると、耳のすぐ傍で「ごめん」と低い声がつぶやく。さっきより更に熱くなった肩に指を食い込ませて、震える唇を開いた。

「聞かないで、和成さんのいいようにしてよ。おれも、同じだから。和成さんのしたいこと、してほしい」

「……うん。ありがと」

どうして、お礼なんて言うのだろう。

そう文句をぶつけようとしたけれど、脚の奥に潜り込んできた指先が後孔に押しつけられたことで息を呑む。

そっと、怖がらせないように……苦痛を与えないように、最大限の気遣いが伝わってくる。

あの長い指が、身体の奥にあると考えただけで、更に鼓動が跳ね上がった。

「あっ、ぁ……指、そこ……ばっかり」

「やっぱり嫌か？」

「違……っ、違う。もう、指……嫌だ。おれだけ、変になる……からっ」

翻弄される一方なのが、悔しいのか……淋しいのか、自分がなにを思っているのかわからない。

でも、この熱をどうにかしてくれるのは篠田しかいない。

「和成さん、も……変になってよ」

「……もう、とっくになってるけどね」

ふっと息をついた篠田が、朱音の後孔に埋めていた指を引き抜いた。次に粘膜に感じたものは、指とは比べものにならない熱量で……無意識に肩を震わせる。

「怖いだろ」

「っ……全然！」

「ふ……意地っ張りめ」

「ぁ！」

苦笑した篠田が、膝の裏を掬い上げるようにして身体を重ねてくる。

予想以上の熱に、身体の内側から焼かれるみたいで……息を呑んだ朱音は、声もなく喉を反らした。

「っ、力、抜け……って。朱音。息を……吐いて」

篠田の声も苦しそうで、朱音はなんとか詰めていた息を吐き出す。そうして余計な力を抜くと、身体の内側で脈打つ熱の存在をハッキリと感じた。

「和成さん、熱い……」

「ああ。朱音のほうが、熱いけど」

「ふ……っ、ん……ピッタリくっつくの、気持ちい……ね」

重く感じる腕をのろのろと上げて、篠田の肩に抱きついた。

気持ちいいと、一言で表すことのできる感覚ではない。でも、朱音が一番強く感じているのは心地よさと安堵で……それを伝えたい。

「……朱音」

熱っぽくかすれた声で名前を呼ばれて、返事をする代わりに縋りつく手に力を込めた。


バター……バニラ？　蜂蜜……。

空気中に漂う甘い匂いに、眠りから呼び戻された。

「んー……甘、い」

嫌いな匂いのはずなのに、気持ち悪いとは感じない。逆に、目覚めの気分としてはいつになくいいものだ。

「あ、目が覚めた？　もう、お昼過ぎだよ。お腹すいただろ」

「うん……和成さん？」

すぐ近くから聞こえてきた篠田の声に、目元を擦りながら瞼を開く。

ここは……篠田のマンションの、リビングか。ソファベッドに横たわっていた朱音は、ゆっくりと半身を起こす。

「ちょうどできたところだ。ホットケーキ、食べるだろ」

ガラストップテーブルに白い皿を置いた篠田が、朱音の前に立った。

湯気を立てているきつね色の丸いホットケーキを見ると、融けて形を失くしたバターが滑り落ちていくところだった。

「んー……バターと、蜂蜜？」

「もちろん」

寝癖がついているのか、大きな手で髪を撫でつけられる。とことん甘やかそうとする手が気恥ずかしくて、頭を振って逃れた。

朱音の態度は可愛げがないはずなのに、篠田は笑みを消すことなくマグカップを差し出してくる。

「まずは、ホットミルクをどうぞ。もう一つ、焼いてくるから……」

そう言いながら踵を返そうとした篠田に、咄嗟に手を伸ばす。スウェットズボンの裾を掴んだ朱音を、「うん？」と振り返った。

「半分こ、したらいいのに。もう一つ焼くなら……今度は、おれが作る」

「俺のために？」

屈み込んで朱音と目を合わせた篠田は、嬉しいと隠そうともしない笑みを端整な顔に浮かべているから……違うと、そっぽを向けなくなってしまった。

「焦げ焦げで、ぐちゃぐちゃになるかもしれないけど」

「うん。教えてあげるから、一緒にね」

微笑んだ篠田の顔が近づいてきて……甘い匂いに包まれながら、そっと瞼を伏せた。

触れていた唇を離して、あんまり甘やかされるのは、怖い……と伝えたら、篠田は唇に苦笑を滲ませる。

「キライとコワイは、どっちがマシかなぁ」

そんなふうに悩む篠田が、なんだか少し可愛かったから……朱音は、首に腕を絡ませて唇を重ねる。

「でも、スキ……」

不器用に告げた「スキ」に、篠田はどんなスイーツよりも甘そうな笑みを浮かべた。

あとがき

こんにちは、または初めまして。真崎ひかると申します。『甘いのはキライ』をお手に取ってくださり、ありがとうございました！

キライと言わせつつ、なんだかとても甘いお話になった気がします。篠田は、胸焼けがしそうなくらい朱音を甘やかしまくっています。これからも、朱音のために日々ホットケーキを焼き続けるかと……。いいな、朱音（笑）。

本物の王子様のように格好いい篠田と、とっても可愛い朱音を描いてくださった明神翼先生、ありがとうございました！　カバーのホットケーキがすごく美味しそうで、ホットケーキが食べたいなぁ……と、久々にスーパーの製菓コーナーを覗きました。

今回もお世話になりました、担当T様。お手数をおかけしました。ありがとうございました。そして、これからお世話になるN様。手のかかるダメな人ですが、よろしくお願い致します。

ここまでおつき合いくださり、ありがとうございました！　篠田の甘さに、お腹いっぱいな状態になっていただけると、本望です。

それでは、急ぎ足ですが失礼します。また、どこかでお逢いできますように。

二〇一六年　梅が咲き始めました

真崎ひかる

こんにちは。明神翼です☆
「甘いのはキライ」。もうもう2人の甘〜い絆にただただ
萌えに萌えまくりました。ホットケーキが繋ぐ甘い縁…
これからは しのちゃんにこれでもかってくらい甘〜く
甘〜く甘やかされて、甘い香りがスキになるん
だろうな〜と勝手に妄想♡
真崎先生、本当に素敵な萌えと感動を
どうもありがとうございました！
ホットケーキホント食べたくなりました

初出一覧

甘いのはキライ……………………………… 書き下ろし
甘いからコワイ……………………………… 書き下ろし
あとがき ………………………………………… 書き下ろし

ダリア文庫をお買い上げいただきましてありがとうございます。
この本を読んでのご意見・ご感想・ファンレターをお待ちしております。

〒173-8561　東京都板橋区弥生町78-3
(株)フロンティアワークス　ダリア編集部
感想係、または「真崎ひかる先生」「明神 翼先生」係

甘いのはキライ

2016年3月20日　第一刷発行

著　者
真崎ひかる

発行者
及川 武

発行所
株式会社フロンティアワークス
〒173-8561　東京都板橋区弥生町78-3
営業　TEL 03-3972-0346
編集　TEL 03-3972-1445
http://www.fwinc.jp/daria/

印刷所
中央精版印刷株式会社